MES FICHES POUR LE BAC

Term

Physique Chimie

Karine Marteau-Bazouni

Nathan

Sommaire

Lue Relue Acquise

Nouveau Bac

Constitution et transformations de la matière

Modéliser des transformations acide-base par des transferts d'ion hydrogène

Analyser un système chimique par des méthodes physiques

Analyser un système chimique par des méthodes chimiques

Suivre et modéliser l'évolution temporelle d'un système siège d'une transformation chimique

Sommaire

Lue | Relue | Acquise

Sommaire

Lue Relue Acquise

Mouvement et interactions

Décrire un mouvement

Relier les actions appliquées à un système à son mouvement

Modéliser l'écoulement d'un fluide

L'énergie : conversions et transferts

Décrire un système thermodynamique : exemple du gaz parfait

Effectuer des bilans d'énergie sur un système : le premier principe de la thermodynamique

Sommaire

La photo p. 129 a été réalisée par l'auteur.

Direction éditoriale : Raphaëlle Mourey
Coordination éditoriale : Julie Langlais
Édition : Fanny Morquin
Conception graphique intérieur : Julie Lannes
Couverture : Fréderic Jély
Schémas : Coredoc
Compositeur : Nord Compo
Fabrication : Kévin Magar

ISBN : 9782091575513

Description des épreuves

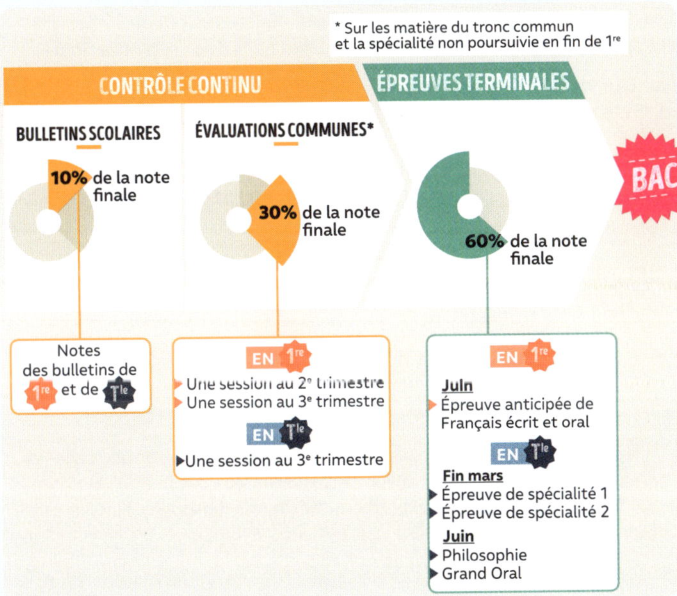

1 Le « Grand Oral »

- Cette épreuve, d'une durée de **20 minutes**, se réalise devant le jury et porte sur les **spécialités choisies par l'élève**.

- Elle se déroule en **trois parties** : **l'élève présente une question** portant sur un (ou les) enseignement(s) de spécialité, puis **le jury interroge l'élève sur ces enseignements** afin d'évaluer la capacité de l'élève à analyser et mobiliser des connaissances. S'ensuit enfin un **échange à propos du projet d'orientation** de l'élève.

2 Trois spécialités en 1re, deux spécialités en Term

- À la fin de l'année, les élèves de Première décide de ne pas poursuivre une des trois spécialités choisies en début d'année.

- La spécialité non poursuivie est évaluée en fin de Première par une évaluation commune (30 % de la note finale).
- Les deux spécialités conservées en Terminale sont quant à elles évaluées par une épreuve finale en fin de Terminale (60 % de la note finale).
- Par ailleurs, toutes les notes des bulletins scolaires de l'année comptent pour 10 % de la note finale.

3 L'épreuve finale pour la spécialité Physique-Chimie en T^erm^

- L'épreuve finale est une épreuve écrite de 3 h 30.
- Elle a lieu au 2e trimestre de l'année de la classe de Terminale.
- Cette épreuve est composée de trois exercices. Ces exercices, indépendants les uns des autres, durent une heure chacun et abordent plusieurs thèmes du programme.
- Les sujets de ces exercices portent sur des questions contextualisées et incluent des documents et questions relatifs aux aspects expérimentaux de la discipline et aux capacités numériques identifiées dans le programme.
- L'autorisation ou non d'usage de la calculatrice est précisé sur le sujet.
- L'épreuve est notée sur 20 points. La note finale est composée de la somme des points obtenus à chaque exercice.

Réaction acide-base

1

Lue Relue Acquise

Une réaction acido-basique est un transfert de proton H^+ entre une espèce acide d'un couple acide-base et une base d'un autre couple.

1 Acide et base de Brönsted

- Au sens de Brönsted :
  - un **acide** est une espèce chimique **capable de céder un ion hydrogène H^+** ;
  - une **base** est une espèce chimique **capable d'accepter un ion hydrogène H^+**.

- On définit un **couple acide-base**, noté Acide/Base ou AH/A^-, comme l'ensemble des deux espèces acide et basique au sens de Brönsted.

- En effet, l'espèce AH est capable de céder un ion H^+ pour se transformer en ion A^-, sa base conjuguée. À l'inverse, l'ion A^- est capable de capter ou d'accepter un ion hydrogène H^+ pour se transformer en espèce AH, son acide conjugué.

Remarque

L'ion hydrogène est un atome d'hydrogène (un seul proton dans son noyau) qui a perdu son seul électron. L'ion hydrogène est donc assimilé à un proton.

2 Demi-équations acido-basiques

- Les espèces acide et basique d'un même couple acide-base noté Acide/Base ou AH/A^- interviennent dans la demi-équation suivante :

$$\text{Acide} = \text{Base} + H^+ \quad \text{ou encore} \quad AH = A^- + H^+$$

- On appelle **demi-équation**, l'écriture symbolique d'acceptation d'un proton par une base ou la cession d'un proton par un acide. Cette écriture n'est pas le reflet de ce qui se passe dans la réalité, car en solution, **les protons n'existent pas à l'état libre**.

- La demi-équation associée à un couple Acide/Base permet d'expliciter la formule de la base [resp. acide] conjuguée connaissant sa forme acide [resp. basique].

  Exemple : la base conjuguée de l'acide éthanoïque $CH_3 - COOH$ est l'ion éthanoate de formule $CH_3 - COO^-$ car la demi-équation du couple est $CH_3 - COOH = CH_3 - COO^- + H^+$.

3 Réaction acide-base, équation bilan

● Une réaction acide-base, appelée aussi réaction acido-basique, fait intervenir **deux couples acide-base** : Acide 1/Base 1 et Acide 2/Base 2. On supposera ici que c'est l'Acide 1 qui réagit avec la Base 2.

Remarque

Un acide ne peut réagir qu'avec une base, et réciproquement.

● La transformation peut être modélisée par une équation bilan faisant intervenir les demi-équations associées à chaque couple mis en jeu :

$$\text{Acide 1} = \text{Base 1} + H^+$$
$$\text{Base 2} + H^+ = \text{Acide 2}$$

$$\text{Acide 1} + \text{Base 2} + H^+ \rightarrow \text{Acide 2} + \text{Base 1} + H^+$$

(par addition membre à membre)

En simplifiant par H^+, on obtient l'équation de la réaction entre l'Acide 1 et la Base 2 : $\text{Acide 1} + \text{Base 2} \rightarrow \text{Acide 2} + \text{Base 1}$

● Les demi-équations montrent le **transfert d'un proton** ou ion hydrogène de l'Acide 1 vers la Base 2, ce **qui n'est pas explicité dans l'équation bilan**.

● Dans la plupart des cas, les réactions acido-basiques se font **dans les deux sens**. La réaction n'est pas totale, on parle alors d'**équilibre**. On a donc à la fois :

- la réaction Acide 1 + Base 2 → Acide 2 + Base 1 ;
- la réaction Acide 2 + Base 1 → Acide 1 + Base 2.

On prend alors l'habitude de noter ce double sens par **une double flèche** symbolisant l'**équilibre** :

$$\text{Acide 1} + \text{Base 2} \rightleftharpoons \text{Acide 2} + \text{Base 1}$$

Remarque

Montrer que la réaction est de type acido-basique revient à montrer un transfert de proton en explicitant les demi-équations.

Mémo'Quiz

1. Un acide de Brönsted est une espèce capable de capter un ion hydrogène. ☑ Vrai ☑ Faux
2. Si un acide est une molécule neutre, alors sa base conjuguée est un anion. ☑ Vrai ❑ Faux
3. Un ion hydrogène est un proton. ☑ Vrai ❑ Faux
4. Dans une réaction acido-basique, un acide réagit avec une base, et inversement. ☑ Vrai ❑ Faux

→ corrigés p. 159

Exemples de couples acide-base

2

Lue Relue Acquise

Certains couples acido-basiques sont à connaître, en particulier les couples de l'eau pour lesquels H_2O est à la fois un acide et une base de Brönsted, c'est-à-dire un composé amphotère.

1 Couples de l'eau

- L'ion oxonium H_3O^+ est un acide dont la base conjuguée est l'eau H_2O. La demi-équation associée est : $H_3O^+ = H_2O + H^+$.
- Cependant, l'eau est aussi un acide dont la base conjuguée est l'ion hydroxyde HO^-. La demi-équation associée est : $H_2O = HO^- + H^+$.

L'eau est à la fois l'acide du couple $H_2O(\ell)/HO^-(aq)$ et la base du couple $H_3O^+(aq)/H_2O(\ell)$: on dit qu'elle est un **ampholyte** ou que l'eau est une espèce **amphotère**.

2 Couples de l'acide carbonique

- L'**acide carbonique** est un composé de formule brute H_2CO_3. Cet acide a pour base conjuguée l'ion bicarbonate HCO_3^-. Le couple acide-base s'écrit alors H_2CO_3/HCO_3^- et la demi-équation est $H_2CO_3 = HCO_3^- + H^+$.
- Cependant, l'**ion bicarbonate** peut aussi céder un proton ou ion hydrogène H^+ pour produire l'ion carbonate CO_3^{2-}. L'ion bicarbonate est alors considéré comme un acide, et l'ion bicarbonate comme sa base conjuguée. Le couple acide-base est HCO_3^-/CO_3^{2-} et la demi-équation $HCO_3^- = CO_3^{2-} + H^+$.
- L'ion bicarbonate HCO_3^- est à la fois la base du couple H_2CO_3/HCO_3^- et l'acide du couple HCO_3^-/CO_3^{2-} : **l'ion bicarbonate est donc un ampholyte ou un ion amphotère**.

Réflexe à avoir

L'acide carbonique se forme par solvatation du dioxyde de carbone dans l'eau selon l'équation $CO_2(aq) + H_2O(l) \rightleftharpoons H_2CO_3(aq)$, on pourra donc trouver l'écriture (CO_2, H_2O) dans la littérature.

3 Couples d'acides carboxyliques

- Un **acide carboxylique** est une molécule contenant le groupement d'atomes – COOH. De manière générique, on peut écrire R – COOH.
- La base conjuguée d'un acide carboxylique R – COOH est un ion **carboxylate R – COO⁻**. Le couple acido-basique s'écrit $R-COOH/R-COO^-$ et a pour demi-équation : $R-COOH = R-COO^- + H^+$.

- Les schémas de Lewis d'un acide carboxylique et de sa base conjuguée sont :

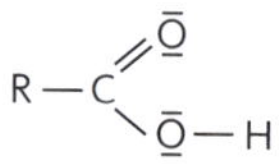

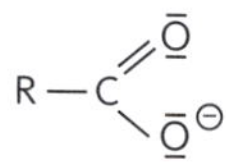

Exemple : dans le cas de l'acide éthanoïque et de l'ion éthanoate, R est un groupement CH_3.

4 Couples d'amines

- Il existe 3 catégories d'amines : les **amines primaires** pour lesquelles l'azote est lié à 2 atomes H de formule $R-NH_2$, les **amines secondaires** pour lesquelles N est lié à un seul H, soit $R-NH-R'$, et les **amines tertiaires** sans liaison avec un atome d'hydrogène. R et R′ sont des radicaux alkyles, c'est-à-dire des chaînes carbonées.

Rappel

Une amine est un composé contenant un atome d'azote N. La plus petite des amines est l'ammoniac NH_3.

- Les amines sont des bases dont les acides conjugués, appelés ions ammonium substitués, ont accepté un ion H^+ ou proton. Les couples sont par exemple : NH_4^+/NH_3 pour le couple ion ammonium/ammoniac ; $R-NH_3^+/R-NH_2$; $R-NH_2^+-R'/R-NH-R'$ et $R-\underset{R''}{\underset{|}{NH^+}}-R'/R-\underset{R''}{\underset{|}{N}}-R'$.

- La demi-équation, en utilisant les schémas de Lewis, fait état d'un doublet non liant sur l'atome d'azote de la forme basique :

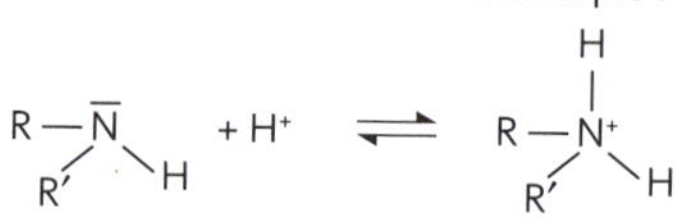

Mémo'Quiz

1. Le plus petit acide carboxylique est l'ion méthanoate. ❑ Vrai ❑ Faux
2. Une espèce amphotère a à la fois un caractère acide et un caractère basique au sens de Brönsted. ❑ Vrai ❑ Faux
3. Une amine est une base de Brönsted. ❑ Vrai ❑ Faux
4. L'eau est un acide et une base au sens de Brönsted. Elle peut accepter ou céder un proton. ❑ Vrai ❑ Faux

→ corrigés p. 159

pH et concentration en ions oxonium

3

Lue Relue Acquise

Le pH d'une solution aqueuse rend compte de son acidité. C'est une grandeur logarithmique sans dimension et sans unité qui dépend de la valeur de la concentration en ions oxonium de toute solution aqueuse peu concentrée.

1 Définition du pH d'une solution aqueuse diluée

- Toute solution aqueuse contient, entre autres, des **ions oxonium H_3O^+** et des **ions hydroxyde HO^-** dus à la dissociation de l'eau appelée **autoprotolyse de l'eau** :

$$2\,H_2O = H_3O^+ + HO^-$$

- Le **pH** d'une solution aqueuse diluée est un nombre sans dimension défini comme l'opposé du logarithme décimal du rapport entre la concentration en ions oxonium H_3O^+ de la solution et une concentration standard $c°$:

$$\mathbf{pH = -\log\frac{[H_3O^+]}{c°}}$$

avec
- log : fonction logarithme décimal,
- $[H_3O^+]$: concentration molaire en ions oxonium (en $mol \cdot L^{-1}$),
- $c°$: concentration molaire standard ($c° = 1{,}0\ mol \cdot L^{-1}$).

- Cette relation n'est applicable que pour des solutions aqueuses **suffisamment diluées**, c'est-à-dire $10^{-13}\ mol \cdot L^{-1} < [H_3O^+] < 10^{-1}\ mol \cdot L^{-1}$, soit pour des pH compris entre 1 et 13.

- Le rapport $\frac{[H_3O^+]}{c°}$ est un rapport de grandeurs de même dimension, c'est-à-dire exprimées dans la même unité. Il est donc sans dimension et sans unité, cela entraînant bien le fait que le pH est un nombre **sans dimension ni unité**.

Remarque
Un nombre sans unité est sans dimension, mais la réciproque n'est pas toujours vérifiée : un angle est sans dimension, mais s'exprime en rad.

2 Concentration des ions oxonium

- La fonction inverse de la fonction logarithme décimal est la fonction puissance de 10. Si $y = \log x$, alors $x = 10^y$, et réciproquement.

- La concentration en ions oxonium d'une solution de pH connu vaut alors :

$$[H_3O^+] = c° \times 10^{-pH}$$
avec $c°$: concentration molaire standard ($c° = 1,0\ mol \cdot L^{-1}$).

- L'échelle de pH des solutions aqueuses varie entre **0 et 14**. Le pH est d'autant plus grand que la concentration de la solution en ions oxonium est faible.

À retenir

Par souci d'économie et de simplification d'écriture, on ne note pas $c°$ et $[H_3O^+] = 10^{-pH}$ est exprimé en $mol \cdot L^{-1}$ avec 2 chiffres significatifs.

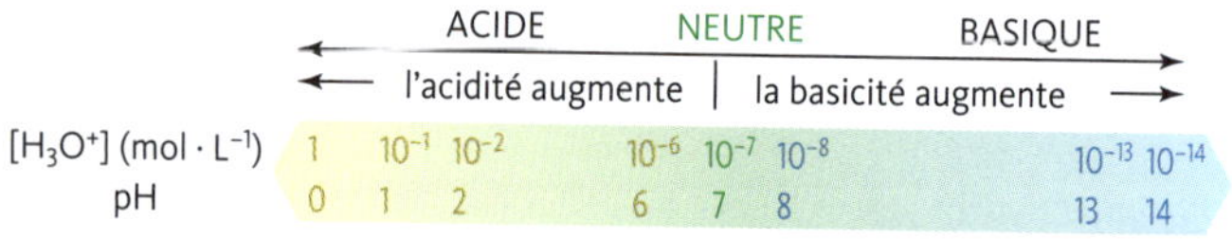

- Une solution est **acide si son pH < 7**, **neutre si pH = 7** et **basique si pH > 7**.

3 Mesure de pH

- Le pH d'une solution se mesure grâce à un **pH-mètre**, étalonné à l'aide de **solutions tampons** qui sont des solutions stables ou « solutions étalons » de pH connu.

- Lors d'une mesure du pH à 0,05 unité de pH près, l'incertitude sur la concentration en ions oxonium est supérieure à 10 %. Il est donc raisonnable de n'exprimer une concentration déduite d'une mesure de pH qu'avec **2 chiffres significatifs**.

Remarque

Le pH d'une solution varie suivant sa température. Il est donc nécessaire de régler la température sur le pH-mètre avant toute mesure.

Mémo'Quiz

1. Le pH est une grandeur sans unité. ☑ Vrai ☐ Faux
2. Le pH est proportionnel à la concentration en ions oxonium. ☐ Vrai ☑ Faux
3. Le pH rend compte de l'acidité d'une solution aqueuse. ☑ Vrai ☐ Faux
4. $c°$ est la concentration molaire standard et sa valeur dépend du pH de la solution aqueuse. ☐ Vrai ☑ Faux

→ corrigés p. 159

Absorbance et loi de Beer-Lambert

4

Lue Relue Acquise

L'absorbance est une grandeur sans dimension et sans unité qui rend compte de la capacité d'une solution colorée à absorber une partie du spectre de la lumière. La loi de Beer-Lambert traduit la proportionnalité entre l'absorbance d'une solution et sa concentration en substance colorée.

1 Absorbance

- L'absorbance est une grandeur sans dimension qui mesure la **capacité d'un milieu à absorber la lumière**.
- L'absorbance d'une solution se mesure à l'aide d'un appareil appelé **spectrophotomètre**. Lorsqu'une solution colorée est traversée par un faisceau de lumière monochromatique d'intensité I_0, une partie de l'intensité est **absorbée** et une partie de l'intensité I_t est **transmise** : on définit l'absorbance A telle que :

$$A = \log \frac{I_t}{I_0}$$

- Une solution d'absorbance nulle ($A = 0$) est une solution **transparente** pour l'espèce absorbante.

2 Loi de Beer-Lambert

- La **loi de Beer-Lambert** indique que l'absorbance A est telle que :

$$A = \varepsilon \ell c \quad \text{avec} \begin{cases} \ell : \text{longueur de solution traversée (en m ou en cm),} \\ c : \text{concentration (en mol} \cdot \text{L}^{-1}\text{),} \\ \varepsilon : \text{coefficient de proportionnalité appelé coefficient d'extinction molaire (en L} \cdot \text{mol}^{-1} \cdot \text{m}^{-1} \text{ ou en L} \cdot \text{mol}^{-1} \cdot \text{cm}^{-1}\text{).} \end{cases}$$

- Souvent, on préfère noter $\boldsymbol{k = \varepsilon \ell}$ et ainsi écrire la loi de Beer-Lambert sous la forme $\boldsymbol{A = kc}$ avec k le coefficient de proportionnalité entre l'absorbance de la solution et c la concentration de l'espèce absorbante.
- Dans le cas de plusieurs espèces absorbantes de concentrations différentes, leurs absorbances, *a priori* de valeurs différentes, s'ajoutent. Les absorbances sont **additives**.

- La loi de Beer-Lambert a un domaine de validité limité à des concentrations c faibles et à des solutions limpides. En général, la meilleure précision est obtenue pour des valeurs de A comprises entre 0,5 et 1,0.

3 Exploitation d'une courbe d'étalonnage

- La **courbe d'étalonnage** est une courbe de l'absorbance en fonction de la concentration en soluté absorbant, soit $\mathbf{A = f(c)}$, l'absorbance étant mesurée pour la longueur d'onde pour laquelle elle est maximale à partir de plusieurs solutions de concentrations différentes (échelle de teintes).
- L'absorbance A est directement proportionnelle à la concentration c en soluté absorbant : la courbe d'étalonnage est donc **linéaire**, c'est-à-dire **modélisable par une droite passant par l'origine**.

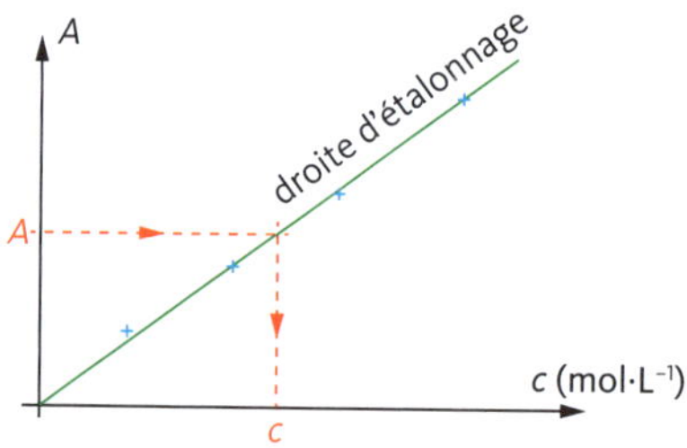

Méthode

La valeur de l'absorbance de la solution inconnue correspond à un point de la courbe d'étalonnage dont on peut déduire l'abscisse (tracés en pointillé). Cette abscisse correspond à la concentration recherchée.

Mémo'Quiz

1. L'absorbance d'une solution ne dépend que de la nature de la substance absorbante. ❑ Vrai ❑ Faux
2. Un spectre visible n'a aucun pic d'absorption pour une solution transparente. ❑ Vrai ❑ Faux
3. La loi de Beer-Lambert est valable quelle que soit la concentration en substance colorée de la solution. ❑ Vrai ❑ Faux
4. À l'aide de la courbe d'étalonnage de l'absorbance en fonction de la longueur d'onde d'absorption, on peut en déduire la concentration de la solution colorée. ❑ Vrai ❑ Faux

→ corrigés p. 159

Conductance, conductivité et loi de Kohlrausch

5

Lue Relue Acquise

La conductance G d'une solution ionique est l'inverse de sa résistance R. Elle est le produit de la conductivité σ de la solution et de la constante de cellule k. La loi de Kohlrausch exprime la conductivité en fonction des concentrations molaires des différents ions en solution.

1 Conductance *G* d'une solution

- La **conductance *G*** représente la **capacité de la solution à conduire le courant électrique** qui la traverse.
- La conductance se mesure à l'aide d'un **conductimètre** possédant une cellule conductimétrique.
- Une **cellule conductimétrique** est composée de deux plaques planes parallèles d'aire S séparées d'une distance L. Elle est alimentée par un générateur basse fréquence délivrant un courant d'intensité I, et un voltmètre mesure la tension U entre les plaques. Plongée dans une solution, la cellule conductimétrique contient entre ses plaques un volume $V = SL$ de solution.

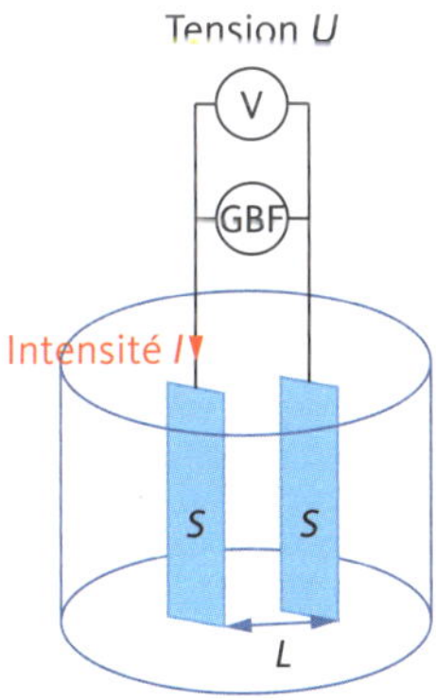

- On peut considérer que la portion de solution contenue entre les plaques de la cellule conductimétrique **se comporte comme un conducteur ohmique** de résistance R.
- La résistance d'une portion de solution est définie par : $R = \frac{U}{I}$, loi connue sous le nom de **loi d'Ohm**.
- La conductance G d'une solution ionique conductrice, exprimée en siemens (S), est l'inverse de la résistance R de la solution :

$$G = \frac{1}{R} = \frac{I}{U} \text{ avec } \begin{cases} G : \text{conductance (en S)}, \\ R : \text{résistance (en } \Omega), \\ I : \text{intensité du courant (en A)}, \\ U : \text{tension aux bornes de la cellule (en V)}. \end{cases}$$

2 Conductivité et loi de Kohlrausch

- On définit la **conductivité σ** de la solution telle que :

$$\boldsymbol{G = k\sigma} \text{ avec } \begin{cases} G : \text{conductance (en S)}, \\ \sigma : \text{conductivité de la solution (en S} \cdot \text{m}^{-1}), \\ k : \text{constante de cellule (en m).} \end{cases}$$

- Le coefficient k ne dépend que de la cellule utilisée, alors que σ ne dépend que de la solution.
- Pour de faibles concentrations des ions en solution, la conductivité σ de la solution est proportionnelle aux concentrations $[X_i]$ des ions X_i.

Loi de Kohlrausch : $\boldsymbol{\sigma = \sum_{\text{ions } i} \lambda_i [X_i]}$

$$\text{avec } \begin{cases} \sigma : \text{conductivité de la solution (en S}\cdot\text{m}^{-1}), \\ [X_i] : \text{concentration molaire de l'ion } X_i \text{ (en mol}\cdot\text{m}^{-3}), \\ \lambda_i : \text{conductivité molaire ionique de } X_i \text{ (en S}\cdot\text{m}^2\cdot\text{mol}\cdot\text{L}^{-1}). \end{cases}$$

- Les coefficients λ_i sont récapitulés dans des tables de conductivité, leur valeur n'est pas à savoir.

Exemple : une solution de soude ou hydroxyde de sodium à c a une conductivité $\sigma = \lambda_{Na^+} [Na^+] + \lambda_{HO^-} [HO^-]$

$$= \lambda_{Na^+} c + \lambda_{HO^-} c = (\lambda_{Na^+} + \lambda_{HO^-})$$

Mémo'Quiz

1. La conductance G d'une solution ne dépend que de la nature des ions en solution. ☐ Vrai ☑ Faux
2. La loi de Kohlrausch correspond à une courbe d'étalonnage. ☑ Vrai ☐ Faux
3. La conductivité σ d'une solution ne dépend que de la nature des ions en solution. ☐ Vrai ☑ Faux
4. Dans la loi de Kohlrausch, les concentrations ioniques ne sont pas exprimées en mol · L⁻¹. ☐ Vrai ☑ Faux

→ corrigés p. 159

Équation d'état des gaz parfaits

6

Lue Relue Acquise

L'équation des gaz parfaits (GP) est une relation mathématique modélisant la relation entre la pression, la température, la quantité de matière et le volume d'un gaz irréel. Dans une première approximation, elle peut être utilisée pour les gaz réels de faible densité sans interaction.

1 Paramètres caractérisant l'état d'un gaz

- Un gaz dépend de quatre paramètres mesurables à l'échelle humaine appelés **grandeurs macroscopiques** :
  – la **pression** P du gaz, qui s'exprime en pascals (Pa) ;
  – la **température** T du gaz qui s'exprime, non pas en degrés Celsius (°C) mais en kelvins (K) ;
  – le **volume** V occupé par ce gaz que l'on a l'habitude de mesurer dans le système international, c'est-à-dire en mètres cubes (m^3) plutôt qu'en litres (L) ;
  – la **quantité de matière** n du gaz en moles (mol).

- Il existe d'autres unités usuelles de pression comme le bar (1 bar = 1×10^5 Pa) ou l'atmosphère (1 atm = $1{,}013 \times 10^5$ Pa).

- La conversion entre une température T exprimée en kelvins et une température θ exprimée en degrés Celsius est : $\boldsymbol{T(\mathrm{K}) = \theta(°\mathrm{C}) + 273{,}15}$.

Remarque

En général, on se contente d'un décalage d'échelle à 3 chiffres significatifs, c'est-à-dire : $T(\mathrm{K}) = \theta(°\mathrm{C}) + 273$.

2 Comportement d'un gaz

- Si l'on considère un gaz de quantité de matière n fixée, les expériences réalisées montrent que les différents paramètres ne sont pas indépendants.

- À pression constante, **le volume V du gaz augmente avec la température T.**

  Exemple : lorsqu'on chauffe un gaz, il se dilate.

- À volume constant, **la pression P du gaz augmente avec la température T.**

  Exemple : un gaz est enfermé dans un volume fixé et constant. L'augmentation de la pression agite les molécules, ce qui fait augmenter la température. C'est l'exemple de la cocotte-minute.

- À température constante, **la pression P augmente si le volume V diminue**.

  Exemple : si on enferme du gaz dans une seringue bouchée, le fait d'appuyer sur le piston fait augmenter la pression.

3 Loi du gaz parfait

- Un gaz parfait est un **gaz idéal**. Cependant, à faible pression, tous les gaz ont un comportement similaire à celui d'un gaz parfait, noté souvent GP.
- Les quatre paramètres ou grandeurs macroscopiques P, T, V et n d'un gaz parfait sont liés par une relation appelée **équation d'état du gaz parfait**.

$$PV = nRT \text{ avec } \begin{cases} P : \text{pression (en Pa),} \\ V : \text{volume (en m}^3\text{),} \\ n : \text{quantité de matière (en mol),} \\ T : \text{température du gaz parfait (en K).} \end{cases}$$

- R est appelée **constante des gaz parfaits** et vaut 8,314 si les quatre paramètres ci-avant sont bien exprimés dans les unités ci-dessus.

4 Volume molaire et quantité de matière

- Le **volume molaire, noté V_m**, est le volume occupé par n = 1 mol de gaz. On a l'habitude d'exprimer le volume molaire en **$L \cdot mol^{-1}$** et non en **$m^3 \cdot mol^{-1}$**.
- Dans le cas d'un gaz parfait, on a : $V_m = \frac{RT}{P}$. Le volume molaire dépend donc de la température et de la pression du gaz.
- La quantité de matière n contenue dans un volume V est alors $n = \frac{V}{V_m}$ avec V et V_m exprimés dans les mêmes unités.

Mémo'Quiz

1. Un gaz parfait existe. ❑ Vrai ❑ Faux
2. Pour un gaz parfait, le produit PV est proportionnel à nT. ❑ Vrai ❑ Faux
3. R est sans unité. ❑ Vrai ❑ Faux
4. Le volume molaire dépend de la nature du gaz. ❑ Vrai ❑ Faux

→ corrigés p. 159

Spectroscopies UV-visible et IR

7

Lue Relue Acquise

La spectroscopie UV-visible permet de déterminer les raies ou bandes d'absorption d'une substance. Le profil spectral est caractéristique de la substance et permet d'en déterminer la couleur. La spectroscopie IR permet d'en connaître les groupements caractéristiques.

1 Spectre UV-visible

- La spectroscopie UV-visible est une **spectroscopie d'absorption du rayonnement par les électrons de liaison** des molécules.
- Le domaine d'absorption du spectre électromagnétique correspond à une **bande de radiations** dans l'ultraviolet et le visible (200 nm – 900 nm).
- Une solution colorée absorbe dans le visible et a un spectre d'absorbance ou courbe de l'absorbance en fonction de la longueur d'onde du rayonnement $A = f(\lambda)$ qui présente **un ou plusieurs pics d'absorbance**.
- La courbe de l'absorbance en fonction de la longueur d'onde de la radiation traversant la substance dans le spectrophotomètre est appelée **profil spectral** de la substance étudiée.

Exemple d'un spectre UV-visible

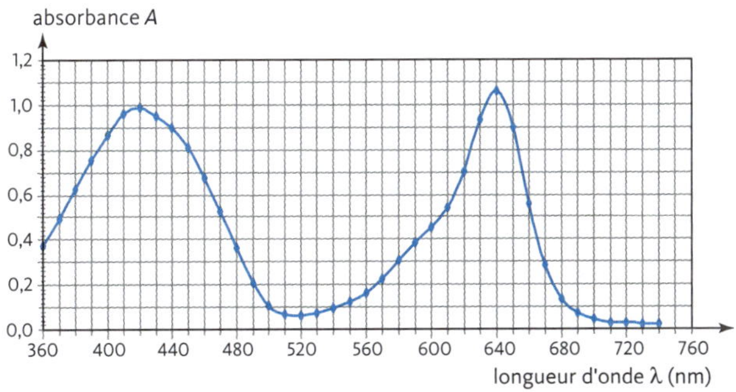

- Les absorbances étant **additives**, une substance ayant plusieurs bandes d'absorption dans le domaine spectral UV-visible peut avoir des maxima d'absorption distincts et identifiables. En effet, il existe des données tabulées, répertoriant les longueurs d'onde de maximum d'absorption. Ces dernières étant **caractéristiques** d'une espèce chimique, elles permettent de l'identifier.

2 Spectre infrarouge ou spectre IR

- La **spectroscopie infrarouge** est une spectroscopie d'absorption des rayonnements par les molécules dans une gamme d'énergie correspondant à la rotation et à la vibration des liaisons interatomiques.
- Un spectre infrarouge est la courbe de la transmittance *T* en fonction du nombre d'onde σ :
  – la **transmittance** *T*, généralement exprimée en pourcentage, est une grandeur sans dimension qui mesure la capacité d'un milieu à transmettre la lumière ;
  – le **nombre d'onde** σ (en cm^{-1}) est le nombre de longueurs d'onde par unité de longueur, soit $\sigma = \frac{1}{\lambda}$ avec λ la longueur d'onde (en cm).

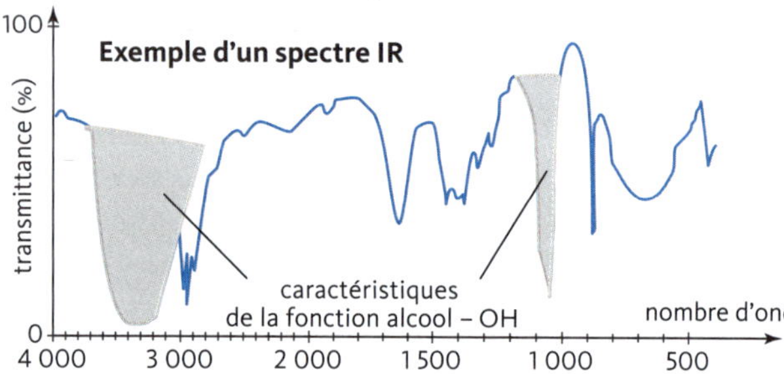

- Le spectre IR permet surtout de mettre en évidence les **fonctions** de la molécule : la lecture du spectre infrarouge utilise des **tables de données** ou des logiciels permettant de faire correspondre les minima de transmittance avec les fonctions organiques ou groupes caractéristiques.

Mémo'Quiz

1. La spectroscopie UV-visible permet de déterminer la couleur d'une solution. ❑ Vrai ❑ Faux
2. L'abscisse du profil spectral est le nombre d'onde. ❑ Vrai ❑ Faux
3. La spectroscopie IR détermine les fonctions d'une molécule. ❑ Vrai ❑ Faux
4. Une substance colorée absorbe toujours dans le visible. ❑ Vrai ❑ Faux

➜ corrigés p. 159

Titre massique et densité de solution

8

Lue Relue Acquise

Connaissant le titre massique et la densité d'une solution mère, on peut obtenir, par dilution, une solution fille de concentration fixée.

1 Titre massique

- Les titres, notés t, sont des quantités sans unité que l'on exprime souvent sous forme de **teneur en pourcentage**.
- Une solution est composée d'une espèce majoritaire liquide appelée **solvant** et d'espèces minoritaires, souvent dissoutes, appelées **solutés**.

Bien comprendre

Un titre permet dans la plupart des cas de calculer une quantité de matière inconnue.

- Le titre massique d'un soluté A est le rapport entre la masse de ce soluté $m(A)$ et la masse m de la solution :

$$t = \frac{m(A)}{m}$$

- Les masses $m(A)$ et m doivent être exprimées dans la même unité et pas forcément en grammes, unité du système international.
- On définit la **teneur massique ou pourcentage massique** $\wp(A)$ d'un soluté A comme le titre massique exprimé en pourcentage :

$$\wp(A) = \frac{m(A)}{m} \times 100$$

2 Densité

- La **densité *d*** d'un corps A est le rapport entre la masse $m(A)$ d'un volume V de A et la masse m_{ref} du même volume V d'un corps de référence : $d = \frac{m(A)}{m_{ref}}$. Le volume V est pris dans les deux cas dans les mêmes conditions de température et de pression.
- Dans le cas des solides et des liquides, le corps de référence est l'**eau.** Dans le cas des gaz, le corps de référence est l'**air**.

● La densité $d(\text{A})$ d'un corps A peut aussi être définie comme le rapport entre la masse volumique $\mu(\text{A})$ de A et la masse volumique de référence μ_{ref} :

$$d(\text{A}) = \frac{\mu(\text{A})}{\mu_{ref}} \quad \text{avec } \mu(\text{A}) \text{ et } \mu_{ref} \text{ en g} \cdot \text{L}^{-1}$$

Référence

Les masses volumique de référence à $T = 20$ ° et $P = 1$ bar sont $\mu_{eau} = 1 \text{ kg} \cdot \text{L}^{-1}$ et $\mu_{air} = 1{,}2 \text{ g} \cdot \text{L}^{-1}$.

3 Dilution

● L'objectif est de préparer un volume V de solution de **concentration C donnée en soluté A**, appelée **solution fille**, à partir d'une solution de titre massique t et de densité d donnés, appelée **solution mère**. La technique utilisée est une **dilution**.

● La relation de la dilution est : $n(\text{A}) = C_{mère} V_{mère} = C_{fille} V_{fille}$.

Remarque

Lors d'une dilution, on a seulement ajouté de l'eau, donc la quantité $n(\text{A})$ de soluté A prése dans la solution mère la même que celle de solution fille.

● On en déduit $C_{mère} = \frac{n(\text{A})}{V_{mère}}$ et l'on peut montrer que $C_{mère} = \frac{t \times d \times \mu_{eau}}{M(\text{A})}$.

En utilisant la relation de la dilution, on peut montrer que :

$$V_{mère} = \frac{M(\text{A}) \times V_{fille} \times C_{fille}}{t \times d \times \mu_{eau}}$$

avec
- t : titre massique de soluté A de la solution mère (sans unité),
- d : densité de la solution mère (sans unité),
- μ_{eau} : masse volumique de l'eau ($\mu_{eau} = 1{,}0 \times 10^3 \text{ kg} \cdot \text{L}^{-1}$),
- $M(\text{A})$: masse molaire du soluté A (en $\text{g} \cdot \text{mol}^{-1}$).

● De manière pratique, on prélève le volume de solution mère à l'aide d'une **pipette jaugée** préalablement rincée avec cette solution. On l'introduit dans une **fiole jaugée** de contenance égale à celle de la solution fille. On complète avec de l'eau distillée en deux temps et on homogénéise.

Mémo'Quiz

1. La dilution utilise une fiole jaugée. ❑ Vrai ❑ Faux
2. La densité est sans unité. ❑ Vrai ❑ Faux
3. Le titre massique est sans unité. ❑ Vrai ❑ Faux
4. La densité d'un gaz est mesurée par rapport à l'air. ❑ Vrai ❑ Faux

→ corrigés p. 159

Titrage d'une solution

9

Lue Relue Acquise

Un titrage permet de connaître la quantité de matière ou la concentration d'une substance en solution. Cette méthode est dite destructive : elle est basée sur une transformation chimique.

1 Réaction support de titrage

- Doser une espèce chimique, c'est déterminer la concentration de cette espèce dans une solution donnée.
- La méthode de dosage par titrage direct est une méthode **destructive** qui s'appuie sur une réaction chimique entre l'espèce chimique à doser (réactif titré ou réactif à titrer) et un autre réactif bien connu (réactif titrant).

Remarque

Lorsqu'on connaît le volume de la solution, déterminer la concentration d'un soluté revient à déterminer sa quantité de matière.

- La réaction, pour être utilisée comme support de titrage, doit posséder trois caractéristiques. Elle doit être :
  - **unique** : il ne doit pas y avoir plusieurs réactions possibles ayant le même réactif et donnant des produits différents ;
  - **totale** : à la fin du dosage, tous les réactifs doivent avoir réagi ;
  - **rapide** : on doit pouvoir repérer immédiatement l'état final afin de connaître la quantité de réactif titrant introduite.

2 Équivalence

- L'équivalence est l'**état** final d'un système chimique pour lequel les réactifs ont été introduits, à l'état initial, dans les proportions stœchiométriques.
- L'équivalence est un **état de la transformation** et non un moment qui se mesure en seconde !
- La **relation à l'équivalence** lie les quantités de matière des réactifs titrant et titré au moment de l'équivalence. Elle s'établit grâce au tableau d'avancement de la réaction support de titrage : l'équivalence est atteinte lorsque les deux réactifs sont limitants, c'est-à-dire que leur quantité de matière est nulle.

Définition

On peut définir plus simplement l'équivalence comme l'état du système pour lequel on passe d'un réactif limitant (réactif titrant) à l'autre (réactif titré).

- Pour une réaction du type $aA + bB \rightarrow cC + dD$, la relation à l'équivalence est :

$$\frac{c_A V_A}{a} = \frac{c_B V_B}{b}$$ avec

- c_A et c_B : concentrations en A et B (en $mol \cdot L^{-1}$),
- V_A et V_B : volumes de A et B versés à l'équivalence (en L),
- a et b : coefficients stœchiométriques de l'équation support de titrage.

- Si A est le réactif titré et B le réactif titrant, alors la connaissance de V_A et V_B permet de déduire la concentration en A connaissant celle en B :

$$c_A = c_B \frac{a}{b} \frac{V_B}{V_A}$$

3 Indicateur de fin de réaction

- Toute la difficulté expérimentale réside dans le **repérage de l'équivalence** du titrage.
- Une des méthodes permettant de repérer l'équivalence d'un titrage est l'utilisation d'un **indicateur coloré** : on ajoute à la solution à titrer quelques gouttes d'un indicateur spécifique à la réaction support de titrage (acido-basique, redox...). Au moment de l'équivalence, on observe un **changement brutal de couleurs**.
- L'indicateur utilisé pour les réactions entre les ions oxonium et les ions hydroxyde est le **bleu de bromothymol (BBT),** qui passe brutalement du **jaune au bleu**, ou le contraire selon que l'espèce titrée est l'acide ou la base.

Remarque
Le BBT est jaune si la solution est acide, et bleu si elle est basique.

- L'**empois d'amidon** est un bon indicateur redox pour le titrage du diiode : il est noir en présence de diiode et incolore dès qu'il n'y en a plus dans la solution titrée. Il faut cependant l'introduire au dernier moment.

Mémo'Quiz

1. Le titrage est un dosage particulier. C'est un dosage destructif. ❏ Vrai ❏ Faux
2. L'équivalence est le moment de la réaction (en s) pour lequel la réaction est terminée. ❏ Vrai ❏ Faux
3. À l'équivalence, on a introduit autant de réactif A que de réactif B. A et B sont alors deux réactifs limitants. ❏ Vrai ❏ Faux
4. Le BBT ne peut être utilisé pour un titrage redox. ❏ Vrai ❏ Faux

→ corrigés p. 159

Titrage pH-métrique

10

Lue Relue Acquise

Dans le cas d'une réaction support de titrage acido-basique, le suivi peut être réalisé par pH-métrie. L'équivalence est repérée par l'analyse de la courbe expérimentale du titrage pH = $f(V_{\text{versé}})$ ou sa dérivée.

1 Dispositif expérimental de titrage

- Un titrage pH-métrique permet de connaître la concentration d'une solution titrée acide [resp. basique] en la titrant par une solution basique [resp. acide] de concentration connue.

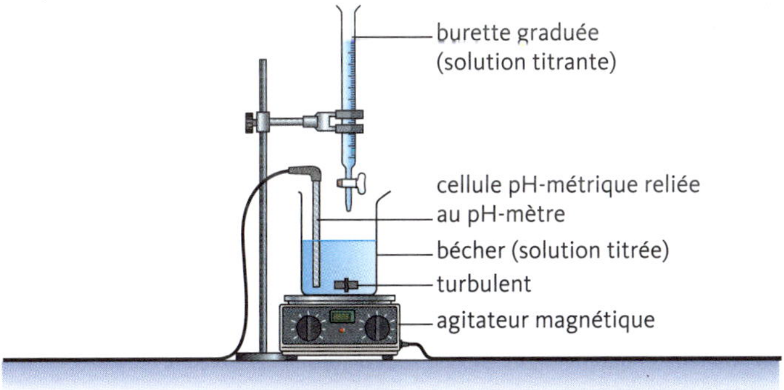

2 Courbe expérimentale de titrage

- La courbe expérimentale du titrage pH-métrique est la courbe représentative du **pH en fonction du volume de solution titrante versé** : pH = $f(V_{\text{versé}})$.
- La **méthode des tangentes** (en rouge sur la courbe de titrage ci-après) permet de repérer le point d'équivalence E dont les coordonnées sur la courbe sont le volume de solution titrante versé à l'équivalence V_E (en mL) et le pH de la solution à l'équivalence pH_E.
- On en déduit ensuite la concentration initiale de la solution titrée grâce à la **relation à l'équivalence** :

$$\frac{c_A V_A}{a} = \frac{c_B V_B}{b}$$

Remarque

Dans le cas d'un dosage acido-basique, l'indice A correspond à l'espèce acide et B à l'espèce basique.

● À partir de la courbe pH = *f*(*V*), on déduit la courbe de la **dérivée du pH par rapport à *V*** : $\frac{dpH}{dV}$ en fonction du volume versé. **Le maximum de ce pic correspond au volume à l'équivalence**.

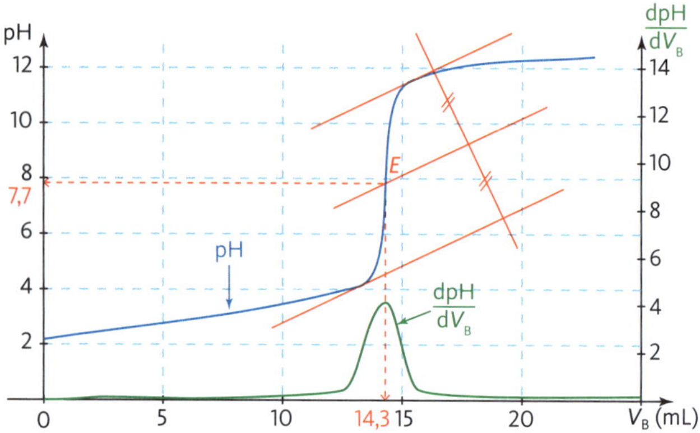

Courbes expérimentales de titrage de l'acide salicylique par la soude

● La méthode des tangentes consiste à tracer les deux tangentes parallèles au niveau des points d'inflexion de la courbe de titrage, puis à en déduire la droite équidistante à chacune d'elles. Cette dernière coupe la courbe de titrage au point d'équivalence *E* de coordonnées V_E et pH_E.

Mémo'Quiz

1. La courbe de titrage pH-métrique est celle du pH de la solution en fonction du volume de base versé. ❑ Vrai ❑ Faux
2. Dans un titrage pH-métrique, le volume à l'équivalence est déterminé à la fois par la méthode des tangentes et par le maximum de la dérivée du pH en fonction du volume versé. ❑ Vrai ❑ Faux
3. Au point d'équivalence *E* de la courbe de titrage pH-métrique, le pH est de 7 et la solution est neutre. ❑ Vrai ❑ Faux
4. Dans le cas d'un titrage pH-métrique d'une solution d'ions oxonium par une solution d'ions hydroxyde, à l'équivalence, la solution est de l'eau et le pH est de 7. ❑ Vrai ❑ Faux

➜ corrigés p. 159

Titrage conductimétrique

11

Lue Relue Acquise

Un titrage conductimétrique permet de déterminer la quantité de matière ou la concentration d'une solution titrée par un dosage destructif. Le suivi est réalisé grâce à un conductimètre pour chaque volume de solution titrante versé.

1 Dispositif expérimental de titrage

- Le dispositif expérimental est assez semblable à celui du titrage pH-métrique. Seule la sonde pH-métrique est remplacée par une cellule conductimétrique : la solution connue ou solution titrante est introduite dans la burette graduée, alors que la solution inconnue ou solution titrée est dans un bécher.

Remarque

Ce titrage nécessite un bécher plutôt qu'un erlenmeyer afin d'introduire la sonde dans la solution titrée.

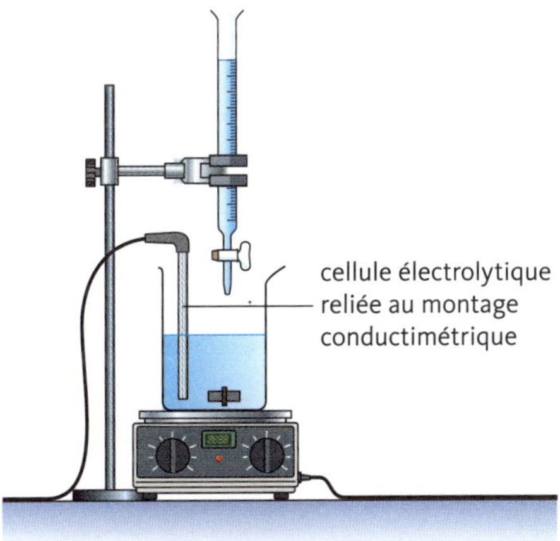

- Cette cellule permet de mesurer soit la **conductance *G*** de la solution, soit sa **conductivité σ** en fonction du volume de solution titrante versé.
- En pratique, on réalise une mesure de conductance ou de conductivité de la solution titrée pour chaque millilitre de solution titrante versé. On obtient alors la courbe de suivi conductimétrique du titrage.

Méthode

Autour de l'équivalence, on peut cependant faire des mesures plus rapprochées, par exemple une tous les 0,5 mL de solution versée.

2 Repérage de l'équivalence

- Les mesures effectuées permettent de tracer la courbe de la conductivité σ ou de la conductance G de la solution (en ordonnée) en fonction du volume de solution titrante versé $V_{versé}$ (en abscisse). L'allure de la courbe correspond à deux demi-droites.

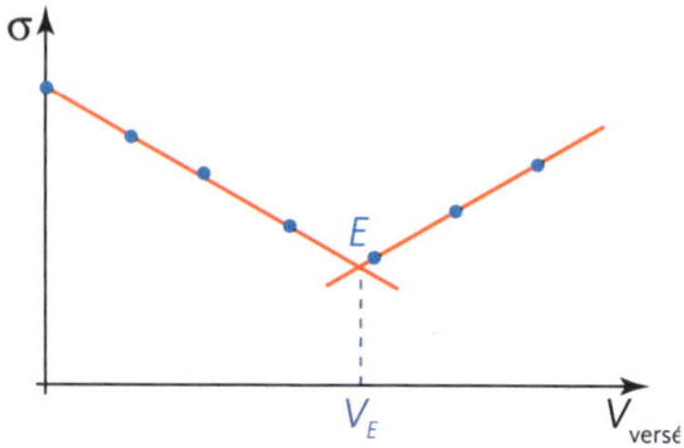

Remarque

La courbe de titrage conductimétrique est toujours composée de deux demi-droites, mais les pentes peuvent varier en fonction des solutions titrante et titrée.

- Les deux demi-droites sont sécantes en E, point d'équivalence du titrage réalisé.
- Le volume versé V_E se lit directement sur la courbe comme abscisse du point E d'équivalence.

Mémo'Quiz

1. La conductance et la conductivité étant proportionnelles, l'allure de la courbe de titrage $G = f(V)$ a la même allure que $\sigma = f(V)$.

❑ Vrai ❑ Faux

2. La connaissance de la concentration de la solution titrée nécessite de connaître le volume versé à l'équivalence et la relation à l'équivalence de la réaction support de titrage.

❑ Vrai ❑ Faux

3. Le point d'équivalence E de la courbe de titrage conductimétrique correspond au point expérimental le plus bas de la courbe.

❑ Vrai ❑ Faux

4. La réaction support de titrage doit mettre en évidence la disparition ou la création d'ions pour pouvoir utiliser un titrage conductimétrique.

❑ Vrai ❑ Faux

→ corrigés p. 159

Transformations lentes/rapides, facteurs cinétiques

12

Lue Relue Acquise

Une réaction peut être instantanée ou prendre un certain temps. Les facteurs cinétiques permettent de l'accélérer ou de la ralentir sans changer son rendement.

1 Transformations lentes/rapides

- On peut diviser les transformations chimiques en deux catégories :
  - les **transformations instantanées** pour lesquelles les réactifs sont consommés dès qu'ils sont mis en contact (réactions acido-basiques ou de précipitation par exemple) ;
  - les **transformations plus lentes** (réactions d'estérification ou synthèse de l'eau par exemple).
- La **cinétique** est l'étude de l'évolution temporelle d'une transformation thermodynamiquement possible. Elle permet :
  - de **connaître les différents facteurs** qui gouvernent la réaction et de se placer ainsi dans les conditions optimales d'obtention du produit ;
  - de **comprendre le mécanisme microscopique** de la réaction.

2 Facteurs cinétiques

- Un facteur cinétique est un **paramètre dont dépend la vitesse d'évolution** d'une transformation chimique, comme :
  - la **température** : souvent, son augmentation accélère la transformation ;
  - la **concentration des réactifs** : son augmentation accélère la transformation. La vitesse d'évolution est dans la majorité des cas proportionnelle à la concentration des réactifs.
- Dans le cas d'un système gazeux, la **pression des gaz** joue le rôle d'une concentration dans l'évolution de la vitesse de réaction.

3 Catalyse et catalyseur

- Considérons la réaction entre les ions iodure I^- et les ions peroxodisulfate $S_2O_8^{2-}$. Cette réaction est très lente : $2\ I^- + S_2O_8^{2-} \rightarrow I_2 + 2\ SO_4^{2-}$.

L'addition d'ions fer II Fe^{2+}, catalyseur de la réaction, donne alors :

$$2\ Fe^{2+} + S_2O_8^{2-} \rightarrow 2\ Fe^{3+} + 2\ SO_4^{2-}$$

$$2\ Fe^{3+} + 2\ I^- \rightarrow 2\ Fe^{2+} + I_2$$

$$2\ I^- + S_2O_8^{2-} \rightarrow I_2 + 2\ SO_4^{2-}$$

Bien comprendre

On remplace une réaction entre deux anions, qui se repoussent du fait de leurs charges identiques, par deux réactions entre un cation et un anion.

- Un **catalyseur** est une substance qui augmente la vitesse de réaction :
  - il **n'augmente que la vitesse** des réactions spontanées ;
  - il se **retrouve en fin de réaction** : sa concentration varie au cours du temps, mais à la fin de la réaction, elle est égale à celle de l'état initial ;
  - il **modifie le chemin réactionnel** entre l'état initial et l'état final sans modifier ces derniers ;
  - il **oriente la réaction** : on parle de catalyseur sélectif.
- La **catalyse homogène** est telle que le catalyseur, les réactifs et les produits appartiennent à la même phase. Ce n'est pas le cas de la **catalyse hétérogène** très utilisée dans l'industrie. En effet, elle permet une séparation facile entre les produits de la réaction et le catalyseur afin de le récupérer.
- Lorsqu'un produit de la réaction est lui-même catalyseur de celle-ci, on parle d'**autocatalyse**.

Mémo'Quiz

1. L'augmentation de la température augmente toujours la vitesse de réaction. ❑ Vrai ❑ Faux
2. Une estérification est une réaction dont le rendement maximal est de 67 %. En ajoutant un catalyseur, on obtient davantage de produits. ❑ Vrai ❑ Faux
3. Le produit d'une réaction dépend de son catalyseur. ❑ Vrai ❑ Faux
4. Une autocatalyse crée un produit catalysant la réaction dont il est issu. ❑ Vrai ❑ Faux

→ corrigés p. 159

Vitesses volumiques et temps de demi-réaction

13

Lue Relue Acquise

La mesure de la cinétique d'une transformation chimique est réalisée par la quantification des vitesses volumiques de disparition des réactifs, d'apparition des produits et par le temps de demi-réaction.

1 Vitesse volumique de disparition et d'apparition

- On considère une transformation chimique d'équation de réaction :

$$aA + bB + ... \rightarrow cC + dD + ...$$

A, B... sont les reactifs et C, D... sont les produits de la réaction ; a, b, c, d... sont les coefficients stœchiométriques.

- Dans le cas d'un système chimique fermé, on peut traduire la **conservation de la matière** par :

$$-\frac{dn_A}{a} = -\frac{dn_B}{b} = \ldots = +\frac{dn_C}{c} = +\frac{dn_D}{d} = \ldots = dx$$

avec dx l'avancement élémentaire de la réaction.

- Le suivi de l'avancement de la réaction au cours du temps permet de suivre l'évolution du système chimique.
- La **vitesse volumique** v (en $mol \cdot L^{-1} \cdot s^{-1}$) de la réaction s'écrit :

$$v = \frac{1}{V}\frac{dx}{dt} \quad \text{avec} \begin{cases} V : \text{volume du milieu réactionnel (en L),} \\ x : \text{avancement de la réaction (en mol).} \end{cases}$$

- Si le volume V est constant, on définit la **vitesse de disparition** d'un réactif A par : $v_A = -\frac{1}{V}\frac{dn_A(t)}{dt} = -\frac{d[A]}{dt}$, avec [A] la concentration de A (en $mol \cdot L^{-1}$). De même, la **vitesse de formation ou vitesse d'apparition** d'un produit C est : $v_C = +\frac{1}{V}\frac{dn_C(t)}{dt} = +\frac{d[C]}{dt}$.

- La courbe de l'avancement en fonction du temps $x = f(t)$ permet de comparer les vitesses de réaction en différents instants en comparant les coefficients directeurs des tangentes à la courbe. Plus les pentes sont importantes et plus la vitesse de formation est grande : $T_0 > T_{20} > T_{60}$, la vitesse de formation des produits diminue au cours du temps.

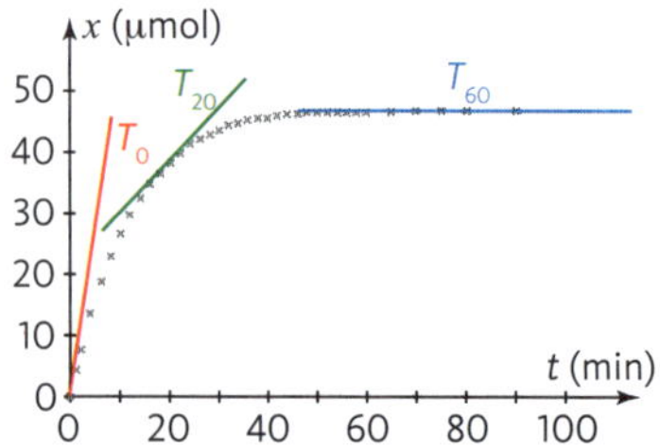

À retenir

Lorsque la pente est horizontale, la transformation est terminée et la vitesse est nulle.

2 Temps de demi-réaction, durée d'une réaction

- Le temps de demi-réaction noté $t_{1/2}$ est le **temps au bout duquel l'avancement $x(t)$ est égal à la moitié de l'avancement final x_f**. On a donc :

$$x(t_{1/2}) = \frac{x_f}{2}$$

- La durée t_f d'une réaction est le temps au bout duquel $x(t)$ est égal à x_f. On a donc : $x(t_f) = x_f$.

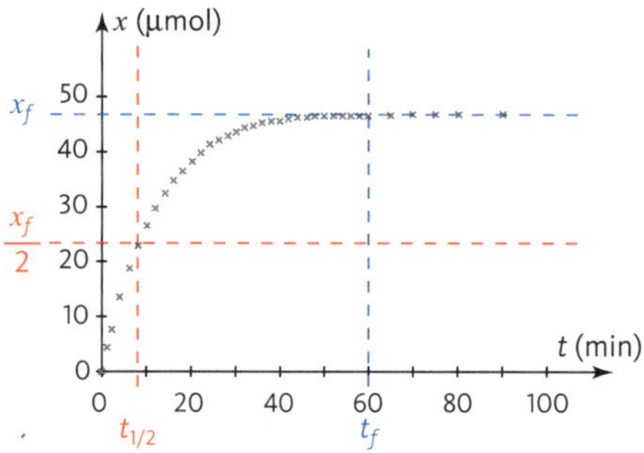

Remarque

L'avancement final x_f peut être différent de l'avancement maximal x_{max}, dans le cas d'un équilibre par exemple.

Mémo'Quiz

1. Lorsque l'avancement est nul, la réaction est terminée. ❑ Vrai ❑ Faux
2. La tangente est toujours maximale à $t = 0$. ❑ Vrai ❑ Faux
3. $t_{1/2}$ est la moitié du temps de la réaction. ❑ Vrai ❑ Faux
4. Si $x = x_f$ alors $v = 0$. ❑ Vrai ❑ Faux

➜ corrigés p. 159

Ordre d'une cinétique

14

Lue Relue Acquise

…e d'une cinétique est un nombre entier positif permettant de …miner la loi des vitesses de réaction en fonction de la concentration de ses réactifs.

1 Ordres partiels et global

- Pour simplifier, considérons une transformation chimique d'équation :

$$aA + bB \rightarrow cC + dD$$

- La cinétique admet un ordre si la vitesse v de réaction peut s'écrire sous la forme :

$$v = k[A]^{\alpha}[B]^{\beta} \quad \text{avec} \begin{cases} k : \text{constante de vitesse,} \\ \alpha : \text{ordre partiel par rapport à A,} \\ \beta : \text{ordre partiel par rapport à B.} \end{cases}$$

- On appelle **ordre global** de la réaction la somme des ordres partiels, soit ici $\alpha + \beta$.
- La constante k dépend de la température du système réactionnel.

2 Cinétique d'ordre 0

- Pour simplifier, considérons une transformation chimique d'équation : A → B. Dans le cas d'une cinétique d'ordre 0, on a : $\boldsymbol{v = k[A]^{\alpha}}$ **avec** $\boldsymbol{\alpha = 0}$.
- La vitesse peut donc s'écrire $v = -\dfrac{d[A]}{dt} = k[A]^0 = k$. On en déduit que $[A] = -kt + K$ avec K une constante.

Si on note $[A]_0$ la concentration en A à $t = 0$, alors $[A]_0 = -k \times 0 + K = K$.

- Dans le cas d'une cinétique d'ordre 0, $v = -\dfrac{d[A]}{dt} = k$ et $[A] = [A]_0 - kt$.

Remarque

Il existe très peu de cinétiques d'ordre 0. Un des rares exemples est celui de $2\ N_2O_5(g) = 4\ NO_2(g) + O_2(g)$.

3 Cinétique d'ordre 1

- En prenant le même modèle simplifié d'une transformation chimique d'équation A → B, on a, dans le cas d'une cinétique d'ordre 1 :

$$v = k[A]^{\alpha} \text{ avec } \alpha = 1$$

● La vitesse peut donc s'écrire $v = -\frac{d[A]}{dt} = k[A]$.

Dans ce cas, la solution à cette équation est $[A] = [A]_0 \exp(-kt)$ que l'on peut aussi écrire avec le formalisme $[A] = [A]_0\, e^{-kt}$. $[A]_0$ représente la concentration à l'instant initial $t = 0$ et $\exp(x) = e^x$ la fonction exponentielle.

● En faisant un raisonnement comparable pour la concentration du produit B, on obtient : $[B] = [A]_0(1 - e^{-kt})$.

● Dans le cas d'une cinétique d'ordre 1 :

$$v = -\frac{d[A]}{dt} = +\frac{d[B]}{dt} = k[A]$$

$$[A] = [A]_0 e^{-kt} \quad \text{et} \quad [B] = [A]_0(1 - e^{-kt})$$

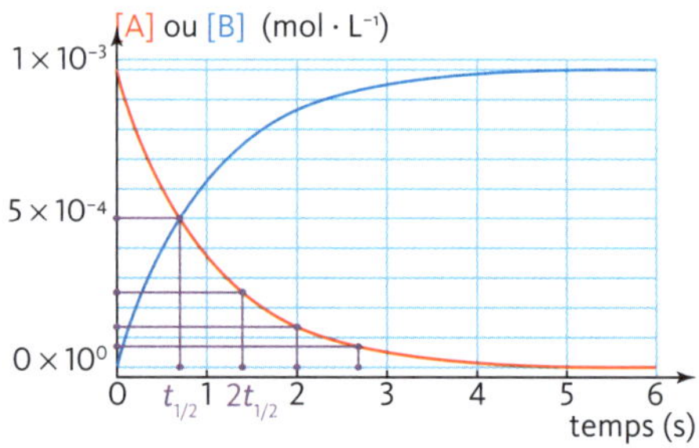

Gagnez des points !

Chaque fois qu'une durée correspondant au temps de demi-réaction s'est écoulée, la concentration de réactif a été diminuée de moitié (tracés violets sur la courbe ci-contre).

Mémo'Quiz

1. Dans le cas d'une cinétique d'ordre 0, la concentration des réactifs n'a aucune influence. ❑ Vrai ❑ Faux
2. Le temps de demi-réaction est le temps au bout duquel $x = x_f/2$. Il dépend de la cinétique. ❑ Vrai ❑ Faux
3. Une cinétique d'ordre n est plus importante qu'une cinétique d'ordre $n + 1$. ❑ Vrai ❑ Faux
4. La courbe de la concentration d'un réactif en fonction du temps est l'opposée de celle de la concentration d'un produit. ❑ Vrai ❑ Faux

→ corrigés p. 159

Mécanisme réactionnel

15

Lue Relue Acquise

Le mécanisme réactionnel est une analyse microscopique de la transformation chimique. Il permet de se rendre compte des mécanismes en jeu et des actes élémentaires de transformation.

1 Acte élémentaire et intermédiaire réactionnel

- Une équation bilan ne donne que les réactifs impliqués dans la transformation et les produits formés : il s'agit d'un **bilan macroscopique**.

  Exemple : la réaction des ions iodure et de l'eau oxygénée en milieu acide d'équation $H_2O_2 + 2\,H^+ + 2\,I^- \rightarrow 2\,H_2O + I_2$ montrant une réaction à 5 molécules de réactifs ne peut pas avoir lieu en une seule étape !

- Si l'on regarde les réactions des ions hydroxyde OH^- avec $(CH_3)_3 - CCl$ ou CH_3Cl, on a une cinétique d'ordre 1 pour la première et d'ordre 2 pour la seconde, ce que ne peuvent pas expliquer les équations bilans de ces transformations.

- Afin de comprendre les deux points précédents, il faut faire une analyse à l'échelle microscopique. C'est ainsi qu'à la fin du XIXe siècle, Svante August Arrhenius a développé le concept de **mécanisme réactionnel** : à l'échelle moléculaire, chaque transformation est un ensemble de transformations élémentaires appelées **actes élémentaires**.

- Un **acte élémentaire** est une réaction traduisant la réalité d'une étape de transformation mettant en jeu un nombre réduit d'entités, une rupture de liaison, une formation de liaison, ou une rupture et une formation simultanées de liaisons.

- La **molécularité** d'un acte élémentaire est le nombre de réactifs intervenant dans cette étape du mécanisme réactionnel.

  Exemple : la molécularité de l'acte élémentaire ci-dessous est 2.

$$(CH_3)_3C^+ + HO^- \rightarrow (CH_3)_3C - OH$$

- Un **intermédiaire réactionnel** est une espèce formée au cours d'un acte élémentaire, puis consommée au cours d'un autre.

- L'intermédiaire réactionnel ne rentre pas dans l'équation bilan, mais à la différence d'un catalyseur, il ne permet pas d'accélérer la vitesse de réaction.

2 Site donneur ou accepteur, formalisme de la flèche courbe

- Si l'on considère une liaison polarisée A – B, avec B plus électronégatif que A, la rupture de cette liaison, lors d'une réaction chimique, est dissymétrique (rupture hétérolytique). Le doublet d'électrons reste constitué et est conservé par l'atome le plus électronégatif, soit B. A est alors porteur d'une lacune électronique notée $\square$.

$$A - B \rightarrow A\square + B:$$

La formation d'une liaison, par le processus inverse, est alors la mise en commun d'un doublet électronique entre deux atomes : l'un, plus électronégatif, apporte le doublet, l'autre possède une lacune électronique.

- De manière générale, certains réactifs **donneurs** ou réactifs **nucléophiles** qui possèdent un site pouvant apporter un ou des doublets d'électrons réagissent préférentiellement avec des réactifs **accepteurs** ou réactifs **électrophiles** ayant des sites de faible densité électronique.

- Le mouvement électronique est symbolisé par une **flèche courbe** (flèche courbe rouge ci-avant entre A et B) partant du site donneur et pointant vers le site accepteur.

Remarque

Un réactif électrophile possède une ou plusieurs lacunes électroniques, et un réactif nucléophile, un ou plusieurs doublets non liants. Un cation est un réactif électrophile, alors qu'un anion est un réactif nucléophile.

Mémo'Quiz

1. Le mécanisme réactionnel d'une transformation est un ensemble d'actes élémentaires pouvant être simultanés et ayant des vitesses de réaction différentes. ❑ Vrai ❑ Faux
2. Un réactif nucléophile est électrophobe. ❑ Vrai ❑ Faux
3. Une flèche courbe symbolise un transfert électronique d'un site donneur vers un site accepteur d'électrons. ❑ Vrai ❑ Faux
4. Un site donneur d'électrons est un site électrophile. ❑ Vrai ❑ Faux

→ corrigés p. 159

Modification du mécanisme réactionnel

16

Lue Relue Acquise

Un catalyseur permet de modifier le mécanisme réactionnel afin d'accélérer la réaction, mais aussi d'orienter la transformation. Les facteurs cinétiques vont influencer la vitesse de réaction.

1 Influence d'un catalyseur

- Le catalyseur n'est pas inscrit dans l'équation bilan. En revanche, il apparaît dans le mécanisme réactionnel : il est consommé puis produit, il est donc **régénéré** au cours de la transformation.
- Un catalyseur permet de sélectionner :
  - un chemin réactionnel plus optimal en termes de cinétique. En effet, en sa présence, le mécanisme réactionnel est **différent** et **plus rapide** qu'en son absence ;
  - des produits particuliers parmi plusieurs choix possibles. On dit alors que le catalyseur est **chimiosélectif**.

Bien comprendre

Le chemin réactionnel dépend du catalyseur : si le catalyseur change, le mécanisme est différent et conduit à des produits de réaction différents.

2 Orientation d'une transformation par catalyse

- Soit un mélange de monoxyde de carbone CO et de dihydrogène H_2 :
  - en présence d'oxyde de nickel sur alumine, les produits de la réaction sont du méthane et de l'eau : $CO + 3\ H_2 \rightarrow CH_4 + H_2O$;
  - en présence d'un mélange cuivre/oxyde de zinc/alumine, le produit est du méthanol : $CO + 2\ H_2 \rightarrow CH_3OH$;
  - en présence d'un mélange de fer et de cobalt, les réactifs sont transformés en hydrocarbures de formule générique C_nH_{2n+2}, réaction qui produit aussi de l'eau : $n\ CO + (2n + 1)\ H_2 \rightarrow C_nH_{2n+2} + n\ H_2O$.
- Les trois réactions sont catalysées avec des **catalyseurs différents**.
- Macroscopiquement, les produits vont être différents, car le catalyseur **sélectionne une transformation** parmi celles possibles.
- Microscopiquement, le catalyseur **modifie les actes élémentaires** du mécanisme réactionnel en intervenant dans **au moins deux actes élémentaires** (consommation du catalyseur et régénération).

- Chaque catalyseur est chimiosélectif : il permet de faire le choix des produits obtenus.
- Un catalyseur n'empêche pas les autres transformations possibles : il accélère celle qu'il catalyse. Les autres transformations sont ainsi extrêmement lentes et d'autant plus lentes que la transformation catalysée consomme les réactifs.

3 Influence des facteurs cinétiques

- Microscopiquement, les molécules ou les ions rentrant dans le mécanisme réactionnel se déplacent de manière rapide et désordonnée. Pour que les actes élémentaires aient lieu, il faut que ces molécules ou ions se rencontrent, que des liaisons se cassent et se forment différemment. Cela se produit si la rencontre (ou choc) permet de modifier les liaisons chimiques, c'est-à-dire uniquement si le **choc est efficace**.
- Lors d'une augmentation de la température du système au niveau macroscopique, l'agitation thermique augmente au niveau microscopique. Cette augmentation de la vitesse d'agitation des molécules permet l'augmentation de la fréquence et de la violence des chocs. Une augmentation de la température permet d'augmenter l'efficacité des chocs, et donc la cinétique.

Remarque

Lors d'une augmentation de la concentration des réactifs, le nombre de chocs augmente puisque davantage de molécules ou ions sont présents en solution.

Mémo'Quiz

1. Un catalyseur est chimiosélectif lorsqu'il ne catalyse qu'une seule des transformations possibles. ❑ Vrai ❑ Faux
2. Un catalyseur permet d'augmenter la cinétique de la transformation pour lequel il est chimiosélectif au détriment des autres transformations. ❑ Vrai ❑ Faux
3. Macroscopiquement, l'augmentation de la température se traduit, microscopiquement, par l'augmentation de la vitesse des réactifs. ❑ Vrai ❑ Faux
4. Un catalyseur peut accélérer une transformation. ❑ Vrai ❑ Faux

→ corrigés p. 159

Stabilité et instabilité des noyaux

17

Lue Relue Acquise

Un noyau instable se désintègre spontanément et de manière aléatoire en un noyau plus stable. Les noyaux stables appartiennent à un lieu du diagramme (*N*, *Z*) appelé vallée de stabilité.

1 Noyaux et isotopes

- Le noyau renferme des nucléons : *Z* protons chargés positivement (charge +e) et $N = A - Z$ neutrons de charge nulle et de masse voisine de celle des protons.
- *A* est appelé **nombre de masse** ; il représente le nombre de nucléons, c'est-à-dire le nombre total de protons et de neutrons.
- *Z* est le **nombre de charge** ou numéro atomique : il représente le nombre de protons.
- Un noyau caractérisé par son nombre de masse *A* et son nombre de charge *Z* est représenté **symboliquement par** $^{A}_{Z}\mathbf{X}$, X étant le symbole de l'élément considéré.

  Exemple : un noyau de radium constitué de 226 nucléons est noté $^{226}_{88}\text{Ra}$.

- On appelle **nucléide** l'ensemble des noyaux de mêmes caractéristiques.
- Des noyaux sont **isotopes** s'ils sont caractérisés par le même nombre de charge *Z*, mais par des nombres de masse *A* différents.

Des **noyaux isotopes** ont le même nombre de protons, mais des nombres de neutrons et donc de nucléons différents. Ces noyaux appartiennent donc au même élément chimique et ont donc le même symbole X.

Exemple : les noyaux isotopes de l'hydrogène $^{1}_{1}\mathbf{H}$ sont $^{2}_{1}\mathbf{H}$ (deutérium) et $^{3}_{1}\mathbf{H}$ (tritium).

2 Diagramme (*N*, *Z*)

- Certains noyaux sont stables, d'autres sont instables. Ces derniers peuvent se **désintégrer** et donner naissance à un nouveau noyau, qui peut être stable ou instable.

Remarque

Certains diagrammes peuvent représenter *N* en abscisse et *Z* en ordonnée.

Stabilité et instabilité des noyaux

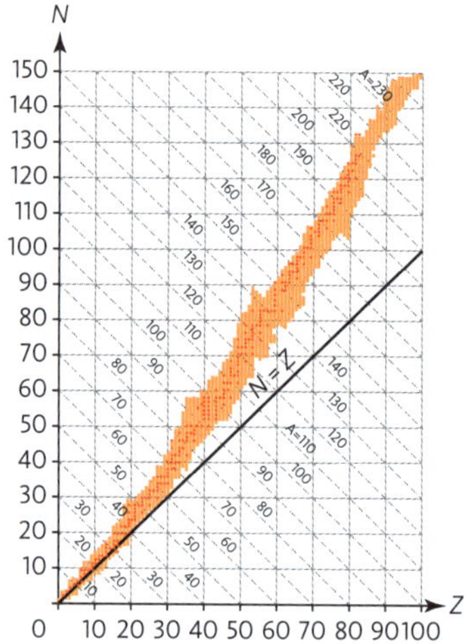

- Si l'on rassemble tous les isotopes connus dans un diagramme (*N*, *Z*) portant le nombre *N* de neutrons en ordonnée et le nombre *Z* de protons en abscisse, on observe que tous les isotopes stables sont regroupés sur une ligne appelée **vallée de stabilité**.
- Dans le diagramme (*N*, *Z*) ci-contre, les points au centre de la vallée de stabilité indiquent les noyaux stables, et les points autour de ces derniers désignent les noyaux instables radioactifs.
- Les noyaux stables légers contiennent un nombre de neutrons en général égal à celui des protons. Pour les noyaux lourds, on observe que **le nombre de neutrons augmente plus rapidement que celui des protons**.
- La proportion du nombre *N* par rapport au nombre *Z* tend vers ***N*/*Z* = 1,5 environ** pour les noyaux les plus lourds.

Mémo'Quiz

1. **Le nombre de masse correspond au nombre de nucléons du noyau, soit la somme du nombre de protons et du nombre de neutrons.**
❑ Vrai ❑ Faux

2. **L'écriture symbolique d'un noyau ne donne pas directement le nombre de neutrons du noyau qui correspond à la différence positive entre les deux nombres représentés.** ❑ Vrai ❑ Faux

3. **Deux noyaux isotopes ont le même symbole X, appartiennent au même élément chimique, ont le même nombre de charge *Z*, mais des nombres de neutrons *N* = *A* – *Z* différents.** ❑ Vrai ❑ Faux

4. **Un noyau lourd instable possède 3 nucléons pour 2 protons environ dans son noyau.** ❑ Vrai ❑ Faux

➜ corrigés p. 159

Radioactivité

18

Lue Relue Acquise

Il existe plusieurs type de désintégration, que ce soit de la radioactivité naturelle ou artificielle. Chaque désintégration est modélisée par une équation qui vérifie certaines lois de conservation.

1 Radioactivités naturelle et artificielle

- La radioactivité est un phénomène physique par lequel **un noyau instable se désintègre pour constituer un nouveau noyau plus stable**. Cette désintégration s'accompagne d'une émission de particules α (noyau d'hélium ${}^{4}_{2}He$), β^- (électron ${}^{0}_{-1}e$) ou β^+ (positron ${}^{0}_{+1}e$), ou encore d'un rayonnement γ.
- La radioactivité **naturelle** est celle produite par la désintégration de noyaux existant dans la nature : radioactivité naturelle des roches, rayonnements cosmiques, etc. En revanche, la radioactivité **artificielle** est issue de l'activité humaine : activité médicale, énergétique, etc.

> **Bien comprendre**
>
> La désintégration d'un noyau instable est un phénomène imprévisible et aléatoire. On parle alors de « probabilité de désintégration ».

2 Équation d'une réaction nucléaire

- Lors d'une réaction nucléaire, il y a **conservation du nombre de charge** Z avant et après la réaction, et **conservation du nombre de masse** A avant et après la réaction, et de **l'énergie totale**.

Radioactivité α

- La radioactivité α concerne les noyaux lourds dont le nombre de masse A est de l'ordre de 200 ou supérieur à cette valeur.
- L'équation de désintégration α d'un noyau père X en noyau fils Y est :

$$\mathbf{{}^{A}_{Z}X \rightarrow {}^{4}_{2}He + {}^{A-4}_{Z-2}Y + \gamma}$$

Exemple : l'équation de la désintégration α du radium 226 en radon 222 est ${}^{226}_{88}Ra \rightarrow {}^{4}_{2}He + {}^{222}_{86}Rn + \gamma$.

Radioactivité β^-

- La radioactivité β^- concerne certains nucléides présentant un excès de neutrons. Elle est reconnaissable à l'émission d'un électron ${}^{0}_{-1}e$.

- L'équation de désintégration β^- d'un noyau père X en noyau fils Y est :

$$^{A}_{Z}\mathbf{X} \rightarrow {}^{0}_{-1}\mathbf{e} + {}^{A}_{Z+1}\mathbf{Y} + \gamma$$

- Tout se passe comme si un neutron se transformait en proton en émettant un électron : ${}^{1}_{0}n \rightarrow {}^{0}_{-1}e + {}^{1}_{1}p + \gamma$.

Exemple : l'équation de la désintégration β^- du carbone 14 en azote 14 est ${}^{14}_{6}C \rightarrow {}^{0}_{-1}e + {}^{14}_{7}N + \gamma$.

Remarque

Dans la radioactivité β^- et β^+, le noyau père et le noyau fils ont le même nombre de masse *A*.

Radioactivité β^+

- Cette désintégration ne s'observe qu'avec des radionucléides artificiels comportant un excès de protons. Elle émet un positron ${}^{0}_{1}e$.
- L'équation de désintégration β^+ d'un noyau père X en noyau fils Y est :

$$^{A}_{Z}\mathbf{X} \rightarrow {}^{0}_{1}\mathbf{e} + {}^{A}_{Z-1}\mathbf{Y} + \gamma$$

- Tout se passe comme si un proton se transformait en neutron en émettant un positron : ${}^{1}_{1}p \rightarrow {}^{0}_{1}e + {}^{1}_{0}n + \gamma$.

Exemple : l'équation de la désintégration β^+ du phosphore 30 en silicium 30 est ${}^{30}_{15}P \rightarrow {}^{0}_{1}e + {}^{30}_{14}Si + \gamma$.

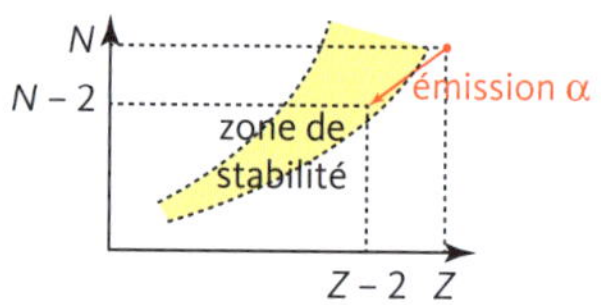

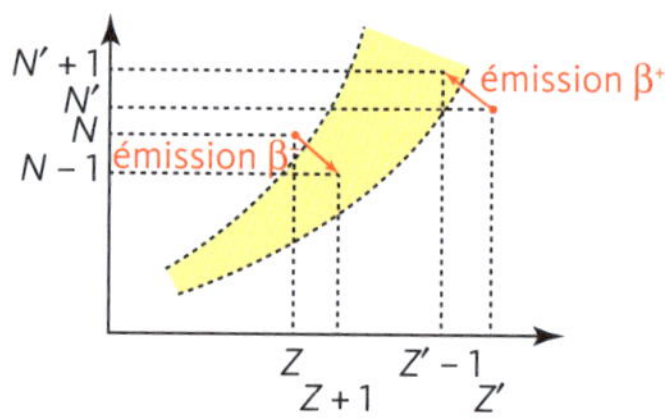

Mémo'Quiz

1. **Une désintégration β^+ libère un positron.** ❑ Vrai ❑ Faux
2. **Lors d'une désintégration β^-, le noyau fils a le même *Z* que son père.** ❑ Vrai ❑ Faux
3. **Lors d'une désintégration β^+, le noyau fils a le même *A* que son père.** ❑ Vrai ❑ Faux
4. **Une particule gamma est un photon.** ❑ Vrai ❑ Faux

→ corrigés p. 159

Évolution d'une population

19

Lue Relue Acquise

Une population de noyaux radioactifs se désintègre de manière aléatoire suivant une loi statistique de décroissance exponentielle.

1 Loi de décroissance radioactive

- Étant donnée une population de $N(t)$ noyaux radioactifs à la date t. On note $\Delta N < 0$ la variation de cette population pendant une durée Δt.
- La quantité de noyaux qui se désintègrent pendant cette durée Δt est égale à $(-\Delta N)$ telle que ΔN est proportionnelle à la population N et à la durée de désintégration Δt : $\Delta N = -\lambda N \Delta t$.
- La constante de proportionnalité λ est appelée **constante radioactive** et s'exprime en s^{-1}.
- Si l'on considère une durée Δt très petite, qui tend vers zéro, alors l'expression précédente de ΔN peut s'écrire sous une forme différentielle :

Remarque
La constante de proportionnalité est caractéristique du type de noyau pour la désintégration étudiée.

$$\frac{dN}{dt} + \lambda N = 0$$

- Si N_0 est le nombre moyen de noyaux radioactifs de l'échantillon étudié à la date $t = 0$ considérée comme instant initial et $N(t)$ le nombre moyen de noyaux non encore désintégrés présents dans l'échantillon à la date t, alors la solution de cette équation différentielle est :

$$N(t) = N_0 e^{-\lambda t} \text{ ou } N(t) = N_0 \exp(-\lambda t)$$

en utilisant les deux écritures de la fonction exponentielle.

- On peut définir $\tau = \frac{1}{\lambda}$, qui est **appelée constante de temps** du phénomène de décroissance radioactive. $N(t)$ s'écrit alors : $\mathbf{N(t) = N_0 e^{-t/\tau}}$.

Comme la constante radioactive λ, la constante de temps τ est **caractéristique** du type de noyau et de la désintégration étudiés.

2 Demi-vie $t_{1/2}$ ou période radioactive

- La **demi-vie ou période radioactive $t_{1/2}$** d'un nucléide radioactif est la durée au bout de laquelle la moitié des noyaux radioactifs initialement présents dans un échantillon s'est désintégrée.

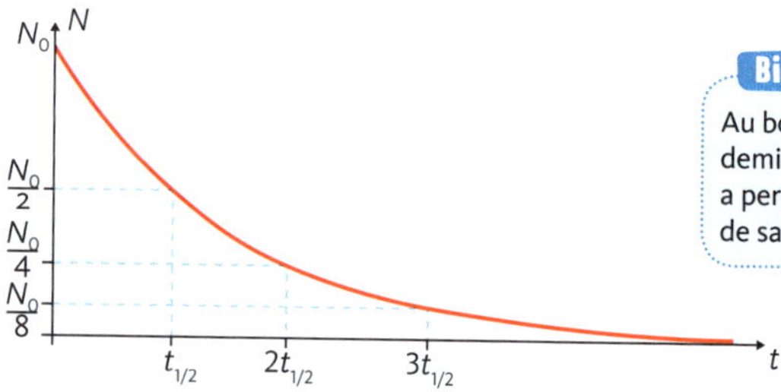

Bien comprendre

Au bout de chaque demi-vie, l'échantillon a perdu la moitié de sa population.

- On peut montrer que la demi-vie $t_{1/2}$ est liée à la constante radioactive λ par : $\boldsymbol{t_{1/2} = \frac{\ln 2}{\lambda} \approx \frac{0,693}{\lambda}}$.

- Au bout d'une durée égale à n fois $t_{1/2}$, le nombre de noyaux radioactifs encore présents dans l'échantillon est :

$$\boldsymbol{N(nt_{1/2}) = \frac{N_0}{2^n}}$$

3 Activité $A(t)$

- On définit l'**activité** A de l'échantillon, exprimée en becquerels (Bq), comme le nombre de désintégrations par seconde :

$$\boldsymbol{A(t) = -\frac{\mathrm{d}N(t)}{\mathrm{d}t} = \lambda N(t)}$$

- L'activité peut s'écrire $A(t) = A_0 e^{-\lambda t}$ avec $A_0 = \lambda N_0$ l'activité initiale.

- En appliquant le même raisonnement que précédemment, on peut aussi écrire :

$$A(nt_{1/2}) = \frac{A_0}{2^n}$$

Mémo'Quiz

1. Au bout de $t_{1/2}$, l'activité de l'échantillon est réduite de moitié.
❑ Vrai ❑ Faux

2. La décroissance n'est valable que pour une désintégration α.
❑ Vrai ❑ Faux

3. L'activité correspond à une fréquence de désintégration.
❑ Vrai ❑ Faux

4. 1 Bq est homogène à 1 s^{-1}. ❑ Vrai ❑ Faux

➜ corrigés p. 159

Datation et applications dans divers domaines

20

Lue Relue Acquise

Les applications de la radioactivité sont nombreuses. L'une d'entre elles est la datation des échantillons au carbone 14.

1 Datation au carbone 14

- Le carbone 14 est radioactif. Il est produit en haute atmosphère dans des proportions de 1 noyau de carbone 14 pour environ 10^9 noyaux de carbone 12. **Sa demi-vie est de 5 730 ans.**
- Dans l'atmosphère terrestre, comme tous les isotopes du carbone, le carbone 14 se combine au dioxygène O_2 pour former du dioxyde de carbone **CO_2 assimilé par les êtres vivants** tout au long de leur vie.
- Cette assimilation constante fait que le **taux de carbone 14 reste stable**. Cependant, lorsque l'être vivant meurt, l'assimilation de carbone 14 ne se fait plus, et la proportion de carbone 14 par rapport au carbone 12 **diminue du fait de sa désintégration**.
- La datation d'un échantillon repose sur la comparaison de la proportion de noyaux de ^{14}C et de ^{12}C au moment de la mesure et avec celle d'un échantillon de référence. Cette technique permet d'obtenir un **âge relatif de l'échantillon**, dit « âge carbone 14 », assez précis pour des échantillons d'âge inférieur à environ 50 000 ans. Cette datation étant une mesure dite « relative », il est alors nécessaire de corriger l'estimation en utilisant une courbe d'étalonnage. On obtient alors un âge réel dit **« âge calendaire ».**
- La datation au carbone 14 est une mesure relative car la quantité de carbone 14 formée en haute atmosphère n'est pas toujours constante au cours du temps ; celle disponible n'est pas forcément uniformément répartie sur la Terre, et celle assimilée par les êtres vivants varie en fonction des organismes, de leur environnement, de leur métabolisme au moment de l'assimilation, etc.
- Il existe des **techniques complémentaires** : la détection à scintillation mesure la radioactivité d'un échantillon de quelques grammes par le rayonnement qu'il émet ; l'utilisation d'un spectromètre de masse par accélérateur (SMA) compte directement le nombre d'atomes de carbone 14. Cette dernière technique est efficace pour de petits échantillons (quelques microgrammes) d'âge supérieur à 50 000 ans.

2 Applications de la radioactivité

- Les applications de la datation au carbone 14 sont nombreuses : **en histoire et en archéologie** pour dater les échantillons organiques, en sismologie et en **volcanologie** pour déterminer la fréquence des événements sismiques ou volcaniques, en **climatologie** pour suivre le cycle du carbone, en **océanographie** comme traceur environnemental, etc.

- Dans le **domaine médical**, la plupart des examens utilisent les radio-isotopes comme traceurs ou marqueurs : le technétium ${}^{99}_{43}Tc$ est le plus utilisé.

- La **radioprotection** désigne l'ensemble des mesures prises pour protéger les individus des rayons ionisants ou des rayonnements radioactifs **alpha (α), bêta (β), gamma (γ),** mais aussi des **rayons X.** Les rayons ionisants, comme leur nom l'indique, possèdent suffisamment d'énergie pour ioniser les atomes. Ils sont très pénétrants dans l'organisme : les rayons alpha étant les moins pénétrants, contrairement aux gamma ou X.

Remarque

Le technétium ${}^{99}_{43}Tc$ de demi-vie égale à 6 h environ a de multiples applications en tant que marqueur de nombreux organes ou encore comme marqueur d'anticorps dans une tumeur.

- La contamination par irradiation diminue en fonction de deux facteurs majeurs : la **décroissance radioactive** des éléments contaminants, et leur **élimination biologique** par l'organisme. Lors d'une contamination surfacique, la décontamination se fait par simple lavage. Dans le cas d'une contamination interne, dite contamination fixée, la décontamination est plus difficile à réaliser. Il faut donc agir en prévention en adaptant par exemple les temps d'exposition et les équipements.

Mémo'Quiz

1. La datation au carbone 14 est pertinente pour des échantillons de moins de 50 000 ans. ❑ Vrai ❑ Faux
2. La datation au carbone ne peut se faire qu'avec un carbone radioactif. ❑ Vrai ❑ Faux
3. La datation au carbone 14 est une mesure absolue. ❑ Vrai ❑ Faux
4. Il existe d'autres techniques de datation en complément de celle au carbone 14. ❑ Vrai ❑ Faux

→ corrigés p. 159

Équilibre d'un système

21

☐ Lue ☐ Relue ☐ Acquise

Lorsqu'une transformation peut avoir lieu dans les deux sens de transformation, direct et indirect, elle n'est pas totale et on assiste à un équilibre. Afin de mesurer l'état d'un système chimique et de pouvoir le comparer à son état d'équilibre, on définit un quotient de réaction.

1 Transformation non totale, équilibre chimique dynamique

- Une transformation n'est pas totale lorsqu'à l'état final, il y a **présence simultanée des réactifs et des produits** de la transformation. Aucun réactif n'a été totalement consommé. On parle alors d'**équilibre chimique**.
- Dans le cas général, l'équation de la réaction qui représente un équilibre chimique s'écrit :

$$aA + bB = cC + dD$$

avec : A et B les réactifs et C et D les produits ;
a, b, c et d les coefficients stœchiométriques correspondants.

- On remplace alors la flèche « $\longrightarrow$ » symbolisant une réaction totale par un signe d'égalité « = » ou encore une double flèche « $\rightleftarrows$ » ou « $\rightleftarrows$ » montrant que cet équilibre est dynamique.

En effet, la transformation se fait **dans le sens de la consommation des réactifs** vers la formation des produits, appelé sens 1, mais aussi dans le sens indirect ou sens 2 : on parle alors d'**équilibre dynamique**.

2 Déplacement d'équilibre

- Dans le cas d'un équilibre dynamique, un ajout de réactif entraînerait une augmentation de la consommation de ce dernier et **déplacerait l'équilibre** dans le sens 1 ou sens direct.
- Il en est de même lors de l'élimination d'un produit au fur et à mesure de sa formation : l'équilibre serait déplacé dans le sens du renouvellement du produit, c'est-à-dire aussi dans le sens 1 ou sens direct.

Sens 1 ou sens direct

$$aA + bB \rightleftarrows cC + dD$$

Sens 2 ou sens indirect

3 Quotient de réaction

● On considère un état quelconque de la transformation dont l'équation de la réaction est $aA + bB = cC + dD$ avec A, B, C et D des **espèces dissoutes** en solution. Le quotient de réaction, noté Q_r, sans dimension, est :

$$Q_r = \frac{\left(\frac{[C]}{c_0}\right)^c \left(\frac{[D]}{c_0}\right)^d}{\left(\frac{[A]}{c_0}\right)^a \left(\frac{[B]}{c_0}\right)^b}$$

avec [A], [B], [C] et [D] les concentrations exprimées en $mol \cdot L^{-1}$ et c_0 une concentration de référence telle que $c_0 = 1,0\ mol \cdot L^{-1}$.

Remarque

L'introduction de la concentration de référence c_0 permet d'obtenir un quotient de réaction sans unité

● Par abus d'écriture, en considérant que la valeur numérique obtenue pour Q_r est sans unité, on peut simplifier l'expression du quotient de réaction :

$$Q_r = \frac{[C]^c [D]^d}{[A]^a [B]^b}$$

avec
- [A], [B], [C] et [D] les concentrations exprimées en $mol \cdot L^{-1}$;
- a, b, c et d les coefficients stœchiométriques.

● Dans les transformations faisant intervenir l'**eau comme solvant**, on convient **de ne pas la faire figurer dans le quotient de réaction**. Seules interviennent les concentrations molaires des **espèces dissoutes**.

Mémo'Quiz

1. Un équilibre est statique si aucune transformation n'est réalisée et il est dynamique si les deux transformations (sens 1 et 2) sont simultanément réalisées. ❑ Vrai ❑ Faux
2. Le quotient de réaction d'une transformation est toujours celui de l'équation écrite dans le sens 1. ❑ Vrai ❑ Faux
3. Un quotient de réaction prend en compte tous les composants d'une solution : ions, molécules non chargées, eau et gaz dégagés. ❑ Vrai ❑ Faux
4. Le quotient de la réaction dans le sens 1 et le quotient de la réaction dans le sens 2 sont inverses l'un de l'autre. ❑ Vrai ❑ Faux

→ corrigés p. 159

Évolution spontanée hors équilibre

22

Lue Relue Acquise

À l'équilibre, le quotient d'une réaction est égal à la constante d'équilibre K. La comparaison entre Q_r et K permet de situer l'état du système chimique en cours de transformation et de conclure sur son évolution. Le taux d'avancement permet aussi de déterminer l'état final du système sachant qu'une réaction totale terminée a un taux d'avancement maximal de 1 ou 100 %.

1 Constante d'équilibre K

- À l'équilibre chimique, le quotient simplifié de la réaction dont l'équation est $aA + bB = cC + dD$ s'écrit : $Q_{r,\,éq} = \frac{[C]^c_{éq}[D]^d_{éq}}{[A]^a_{éq}[B]^b_{éq}}$ avec $[X]^x_{éq}$ la concentration à l'équilibre (éq) de X de coefficient stœchiométrique x.
- À température constante, le quotient de réaction à l'équilibre a une **valeur constante** et **indépendante de la composition initiale** du système chimique.
- Cette valeur, notée K, sans dimension, est appelée **constante d'équilibre** du système, elle ne dépend que de la température.

$$Q_{r,éq} = K(T)$$

- On considère qu'une réaction très déplacée dans le sens 1 est **totale**, si sa constante d'équilibre K est au moins **de l'ordre de 10^4**.

2 Taux d'avancement

- Le taux d'avancement τ, sans dimension, est le rapport entre l'avancement final x_f d'une transformation et son avancement maximal x_{max} en considérant la transformation comme totale :

$$\tau = \frac{x_f}{x_{max}}$$

- Le taux d'avancement final dépend de la constante d'équilibre K : plus la constante K est élevée, et plus la réaction est déplacée dans le sens 1, et ainsi plus le taux d'avancement est élevé.

- L'état final de la réaction totale est atteint lorsque $x_f = x_{max}$, soit $\tau = 1$. Donc **la réaction est totale quand $\tau = 1 = 100$ %.**

Remarque

Le taux d'avancement est un chiffre entre 0 et 1, que l'on peut aussi transformer en pourcentage entre 0 et 100 %.

3 Évolution hors équilibre

- Tout système évolue vers un état d'équilibre caractérisé par la constante d'équilibre K. Cela revient à dire que la valeur du quotient de réaction **Q_r tend vers la constante d'équilibre K**, quel que soit l'état initial du système.
- Le schéma ci-dessous récapitule les trois situations possibles :

$Q_r = K$	$Q_{r,éq} = K$ L'état d'équilibre est atteint.	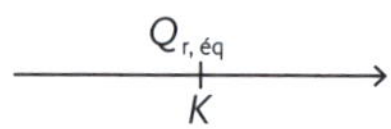
$Q_r < K$	Sens spontané de la transformation vers la droite (sens 1 ou sens direct)	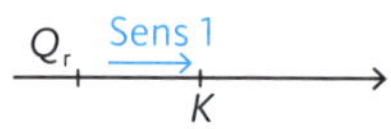
$Q_r < K$	Sens spontané de la transformation vers la gauche (sens 2 ou sens indirect/inverse)	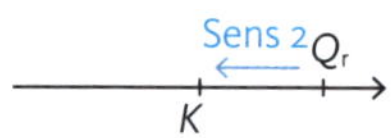

Mémo'Quiz

1. La valeur de K correspond à celle de Q_r avec des concentrations de réactifs et produits pris à l'état final d'équilibre dynamique.
❑ Vrai ❑ Faux
2. La réaction est totale si le quotient de réaction Q_r est très petit devant la constante d'équilibre K. ❑ Vrai ❑ Faux
3. Lorsque le quotient de réaction Q_r est égal à la valeur de la constante d'équilibre K, la réaction est terminée et le système n'évolue plus : aucune transformation (sens 1 ou 2) n'est plus réalisée.
❑ Vrai ❑ Faux
4. Si la constante d'équilibre a une valeur très petite, inférieure à 10^{-4}, alors la transformation dans le sens 2 est totale.
❑ Vrai ❑ Faux

→ corrigés p. 159

Réaction d'oxydoréduction : constitution d'une pile

23

Lue Relue Acquise

Une pile peut être fabriquée à partir de deux demi-piles, chacune étant le siège d'une réaction d'oxydoréduction ou de transfert spontané d'électrons. Dans les solutions électrolytiques, le courant est assuré par les ions.

1 Transfert spontané d'électrons

- Une pile est constituée de deux demi-piles mettant en jeu un **transfert spontané d'électrons** du réducteur d'un premier couple redox Ox_1/Red_1 vers l'oxydant d'un second couple Ox_2/Red_2.

$$Red_1 = Ox_1 + n_1\,e^- \qquad (\times n_2)$$
$$Ox_2 + n_2\,e^- = Red_2 \qquad (\times n_1)$$
$$n_2 Red_1 + n_1 Ox_2 \rightarrow n_2 Ox_1 + n_1 Red_2$$

- Les espèces chimiques réagissant ne sont pas mises en contact et constituent chacune une demi-pile. Le transfert d'électrons est alors utilisé dans un **circuit électrique extérieur** à la pile.
- Le courant à l'intérieur de la pile est assuré par la **circulation des cations (ions positifs) et des anions (ions négatifs)** dans les solutions.
- Le nombre d'électrons produits par l'oxydation des réducteurs Red_1 doit être **le même** que celui accepté par les oxydants Ox_2.

2 Constitution d'une pile

- Matériellement, chaque demi-pile est constituée d'une **lame métallique** ou électrode M(s) baignant dans une **solution ionique** contenant des ions métalliques M^{n+}(aq).
- Un **pont salin**, constitué d'une solution ionique gélifiée, permet le transfert d'ions de la solution d'une demi-pile à l'autre, assurant ainsi l'**électroneutralité** du dispositif.

> **Remarque**
> La solution la plus couramment utilisée est une solution aqueuse de iodure de potassium $(K^+ + I^-)_{aq}$.

- Les **électrons** circulent dans le circuit extérieur, de l'électrode négative (anode), constituée par le réducteur du couple Ox_1/Red_1, vers l'électrode positive (cathode), constituée par la lame de métal Red_2.

- Le **sens conventionnel du courant** à l'extérieur de la pile est donc celui opposé au sens de circulation des électrons : de la borne + vers la borne –.

Exemple : la pile Daniell est la pile constituée par une demi-pile au cuivre et une demi-pile au zinc.

Remarque

La réaction en jeu dans la pile Daniell est $Cu^{2+} + Zn \rightarrow Cu + Zn^{2+}$.

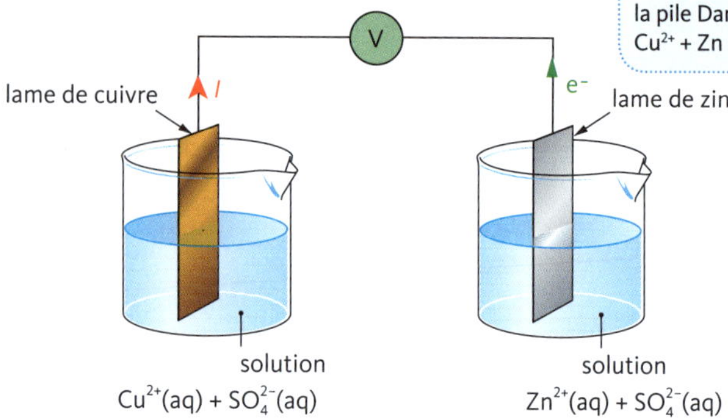

3 Représentation conventionnelle d'une pile

- L'écriture d'une pile est l'enchaînement des **oxydants des solutions encadrés par les réducteurs** de chaque couple constituant les lames métalliques ou électrodes de la pile.
- La convention veut que l'on commence par le pôle négatif de la pile pour terminer par le pôle positif : **– $Red_1(s)/Ox_1(aq)//Ox_2(aq)/Red_2(s)$ +.**

Exemple : la notation conventionnelle de la pile Daniell est – $Zn(s)/Zn^{2+}(aq)//Cu^{2+}(aq)/Cu(s)$ +.

Mémo'Quiz

1. Les électrons échangés circulent dans les solutions des deux demi-piles. ❑ Vrai ❑ Faux
2. Une réaction d'oxydoréduction peut être le lieu d'échanges de protons entre les réactifs. ❑ Vrai ❑ Faux
3. Dans une pile Daniell, la lame de cuivre subit une réduction et celle de zinc une oxydation. ❑ Vrai ❑ Faux
4. Dans une pile constituée de deux demi-piles, le courant est électronique, anionique et cationique. ❑ Vrai ❑ Faux

➜ corrigés p. 159

Fonctionnement d'une pile

24

Lue Relue Acquise

Une pile est un générateur dont la tension à vide est appelée force électromotrice et possédant une faible résistance interne. Pendant son temps de fonctionnement, la pile possède une capacité qui dépend de l'intensité du courant qu'elle débite.

1 Réactions aux électrodes

- Dans le cas de la pile argent/zinc par exemple :

– à la borne **positive** de la pile, ou **cathode**, on a $Ag^+ + e^- = Ag$ qui correspond à la **réduction** des ions argent (oxydants) ;

– à la borne **négative** de la pile, ou **anode**, on a $Zn = Zn^{2+} + 2e^-$ qui correspond à l'**oxydation** des atomes de zinc (réducteurs) ;

– l'équation bilan de la réaction de fonctionnement de la pile est alors :

$$2\,Ag^+ + Zn = 2\,Ag + Zn^{2+}$$

Remarque

À la borne positive d'une pile, appelée cathode, on a réduction de l'oxydant le plus fort, et à l'anode, borne négative, on a oxydation du réducteur le plus fort.

2 Capacité électrique

- La quantité d'électricité débitée par une pile pendant une durée Δt est le produit de l'intensité du courant I et de Δt :

$$\boldsymbol{Q = I\Delta t} \quad \text{avec} \begin{cases} Q : \text{charge ou quantité d'électricité (en C),} \\ I : \text{intensité du courant (en A),} \\ \Delta t : \text{durée de fonctionnement de la pile (en s).} \end{cases}$$

- La quantité d'électricité Q est aussi la charge totale des électrons échangés pendant la durée de fonctionnement. On peut alors écrire :

$$\boldsymbol{Q = nN_Ae} \quad \text{avec} \begin{cases} n : \text{quantité d'électrons échangés (en mol),} \\ N_A : \text{constante d'Avogadro (en mol}^{-1}\text{),} \\ e : \text{charge élémentaire (en C).} \end{cases}$$

- Un **faraday** est la charge d'une mole d'électrons, on le note **F** :

$$1\text{ F} = N_Ae = 96\,500\text{ C}$$

● La capacité de charge électrique ou capacité d'une pile C est la charge électrique Q_{totale} que peut fournir la pile pendant son temps total de fonctionnement. Elle s'exprime souvent en ampères-heures (Ah) plutôt qu'en coulombs (C).

À retenir

1 Ah = 3 600 C, un coulomb étant homogène à un ampère-seconde.

$$C = Q_{totale} = I\tau \text{ avec } \begin{cases} C : \text{capacité (en Ah)}, \\ Q_{totale} : \text{charge totale (en Ah)}, \\ I : \text{intensité du courant électrique débité (en A)}, \\ \tau : \text{durée de la charge/décharge (en h)}. \end{cases}$$

3 Tension à vide

● La tension à vide E (en V) ou force électromotrice, notée f.é.m., d'une pile est la tension à ses bornes lorsqu'aucun courant n'est débité.

$$U(I = 0) = E$$

● Une pile a toutefois une tension à ses bornes qui **diminue légèrement** en fonction du courant débité. Sa loi de fonctionnement est $U = E - rI$ avec r sa résistance interne en ohms (Ω).

● Sa **caractéristique**, courbe de la tension à ses bornes en fonction de l'intensité du courant qui la traverse, est donc une **droite d'ordonnée à l'origine égale à E et de pente $-r$ négative**.

Mémo'Quiz

1. La capacité d'une pile dépend du temps et de l'intensité du courant qu'elle débite. ❑ Vrai ❑ Faux
2. La force électromotrice est caractéristique de la pile. ❑ Vrai ❑ Faux
3. À la cathode, on observe une oxydation et à l'anode, une réduction. ❑ Vrai ❑ Faux
4. La caractéristique d'une pile est linéaire. ❑ Vrai ❑ Faux

→ corrigés p. 159

Oxydants et réducteurs usuels 25

Lue Relue Acquise

Un certain nombre de couples oxydants/réducteurs sont à connaître. Leur réaction nécessite d'écrire des demi-équations en milieu acide ou basique.

1 Exemples courants

- L'**eau de Javel** est un agent blanchissant et désinfectant contenant des ions hypochlorite ClO^-, oxydant puissant. La demi-réaction redox pour le couple **ClO^-/Cl^-** s'écrit : $ClO^- + 2\,H^+ + 2\,e^- = Cl^- + H_2O$.
- Le **dioxygène** est un gaz oxydant du couple **O_2/H_2O** : il participe à des réactions rédox de combustion, de corrosion, ou intervient lors des processus de respiration. La demi-équation en jeu est :

$$\frac{1}{2}O_2 + 2\,H^+ + 2\,e^- = H_2O$$

- Le **dichlore** est un gaz jaune-vert dans les conditions normales de température et de pression et extrêmement toxique. Il est souvent utilisé dans la fabrication de l'acide chlorhydrique. Le dichlore est un oxydant usuel dont le couple est **Cl_2/Cl^-** et de demi-équation $Cl_2 + 2\,e^- = 2Cl^-$.
- L'**acide ascorbique** est un bon réducteur utilisé dans certaines boissons par exemple, comme le vin, pour éviter leur oxydation ou encore la prolifération des bactéries. Son caractère réducteur est souvent traduit dans la vie quotidienne par le fait qu'il est qualifié d'« antioxydant ».

> **À retenir**
> L'acide ascorbique est couramment appelé vitamine C.

- Le **dihydrogène** est le réducteur du couple **H^+/H_2** de demi-équation $2\,H^+ + 2\,e^- = H_2$. Ce gaz est principalement utilisé dans l'industrie chimique pour la fabrication de l'ammoniac par exemple ou dans la pétrolochimie.

2 Caractère réducteur des métaux du bloc s

- Les éléments du bloc s sont :
  - les **alcalins** correspondant aux éléments de la première colonne du tableau périodique, appelés aussi métaux du groupe 1 ;
  - les **alcalino-terreux** correspondant aux éléments de la deuxième colonne du tableau, appelés aussi métaux du groupe 2 ;
  - l'**hydrogène** et le **néon**.

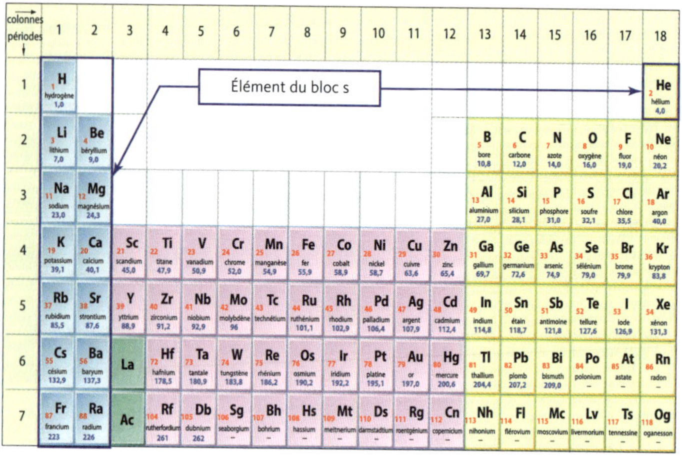

- Les métaux M du bloc s, alcalins et alcalino-terreux, sont susceptibles de céder très facilement un électron pour devenir un **cation monochargé M^+ pour le groupe 1** ou deux électrons pour devenir un **cation M^{2+} pour les métaux du groupe 2.**

Groupe 1 : $M + H_2O \rightarrow M^+ + HO^- + \frac{1}{2} H_2$

Groupe 2 : $M + 2\ H_2O \rightarrow M^{2+} + 2\ HO^- + H_2$

- La réaction d'un métal du bloc s avec l'eau est très exothermique !

Remarque

Étant capables de céder facilement un ou deux électrons, les métaux du bloc s sont de très bons réducteurs.

Mémo'Quiz

1. Le dioxygène est un bon oxydant : il est réduit lors des réactions chimiques. ❑ Vrai ❑ Faux
2. Le dihydrogène, comme le dioxygène, est un gaz oxydant. ❑ Vrai ❑ Faux
3. Le potassium est un métal. Il appartient au bloc s comme le sodium. ❑ Vrai ❑ Faux
4. La réaction du sodium dans l'eau provoque une très forte chaleur. ❑ Vrai ❑ Faux

→ corrigés p. 159

Produit ionique de l'eau et constante d'acidité

26

Lue Relue Acquise

Lors d'une réaction d'un acide et de l'eau, la constante d'équilibre de la réaction est appelée constante d'acidité et notée K_a. Dans le cas particulier de la réaction de l'eau sur elle-même (composé ampholyte) ou autoprotolyse, la constante d'équilibre porte le nom de produit ionique de l'eau. Ces constantes dépendent de la température.

1 Autoprotolyse de l'eau et produit ionique K_e

- L'eau est un ampholyte : l'eau est soit accepteur de proton ou ion hydrogène H^+, soit donneur de proton. Les deux couples acide/base sont H_3O^+/H_2O et H_2O/HO^-.
- On appelle **autoprotolyse de l'eau**, la réaction de l'eau sur elle-même, c'est-à-dire de l'eau en tant qu'acide du couple H_2O/HO^-, sur l'eau en tant que base du couple H_3O^+/H_2O.
- L'état final de la réaction d'autoprotolyse de l'eau est un état d'**équilibre chimique** :

$$2\,H_2O(\ell) = H_3O^+(aq) + HO^-(aq)$$

- Le pH de l'eau pure à 25 °C est à 7,0, donc la concentration en ions oxonium est $[H_3O^+] = c_0 \times 10^{-pH} = 10^{-7,0} = 1,0 \times 10^{-7}$ mol · L^{-1} avec c_0 la concentration molaire de référence $c_0 = 1,0$ mol · L^{-1}.
- Or à l'état d'équilibre, la concentration en ions oxonium est égale à celle des ions hydroxyde : $[H_3O^+]_{éq} = [HO^-]_{éq} = 1,0 \times 10^{-7}$ mol · L^{-1}.
- La constante d'équilibre de cette réaction est alors définie comme :

$$K_e = \frac{[H_3O^+]_{éq}[HO^-]_{éq}}{c_0^2}$$

- La constante d'équilibre associée à l'autoprotolyse de l'eau est appelée **produit ionique de l'eau**, noté K_e, et définie par :

$$K_e = [H_3O^+]_{éq} \times [HO^-]_{éq} = 1,0 \times 10^{-14} \text{ à } 25\ °C$$

K_e est sans unité.

Remarque

Souvent, par commodité d'écriture, on supprimera sciemment c_0 :

$$K_e = [H_3O^+]_{éq} \times [HO^-]_{éq}$$

- Dans toute solution aqueuse, la concentration en ions hydroxyde se déduit de celle des ions oxonium et donc du pH de la solution :

$$[HO^-]_{éq} = \frac{K_e}{[H_3O^+]_{éq}} = \frac{K_e}{10^{-pH}}$$

– Lorsque pH = 7,0 alors $[H_3O^+]_{éq} = [HO^-]_{éq}$: la solution est neutre.
– Lorsque pH < 7,0 alors $[H_3O^+]_{éq} > [HO^-]_{éq}$: la solution est acide.
– Lorsque pH > 7,0 alors $[H_3O^+]_{éq} < [HO^-]_{éq}$: la solution est basique.

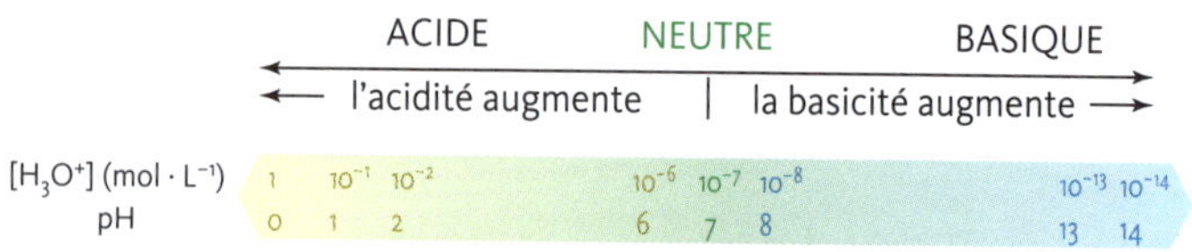

2 Constante d'acidité d'un couple acide/base

- À tout couple acide/base AH/A^- donnant lieu, en solution aqueuse, à l'équilibre chimique représenté par la réaction d'équation $AH + H_2O = A^- + H_3O^+$, on associe une constante d'équilibre, appelée constante d'acidité sans dimension et notée K_a :

$$K_a = \frac{[A^-]_{éq}[H_3O^+]_{éq}}{[AH]_{éq}}$$

K_a ne dépend que de la température.

- À la constante d'acidité K_a, on fait correspondre une grandeur notée **pK_a** :

$$pK_a = -\log K_a \quad \text{ou} \quad K_a = 10^{-pKa}$$

Remarque

K_a et pK_a sont des constantes sans unité.

Mémo'Quiz

1. Le produit ionique de l'eau est de 10^{+14} à 25 °C.
❑ Vrai ❑ Faux
2. pK_a = pH lorsque le rapport des concentrations des formes basique et acide du couple AH/A^- est égal à 1. ❑ Vrai ❑ Faux
3. Si le pK_a est de 3,85 alors la constante d'acidité est une valeur comprise entre 10^{-4} et 10^{-3}. ❑ Vrai ❑ Faux
4. Le produit ionique de l'eau dépend de la température, de la concentration en ions H_3O^+ et en ions OH^-. ❑ Vrai ❑ Faux

→ corrigés p. 159

Force d'un acide ou d'une base 27

Lue Relue Acquise

Un acide fort ou une base forte se dissocie totalement dans l'eau : la réaction est totale. En revanche, un acide faible ou une base faible conduit à une réaction d'équilibre acido-basique avec l'eau.

1 Acides forts/faibles, bases fortes/faibles

- Un **acide fort** est un acide pour lequel la réaction avec l'eau est totale. On notera l'équation de la réaction $AH + H_2O \rightarrow A^- + H_3O^+$.
- De même, une **base forte** est une base pour laquelle la réaction avec l'eau est totale : $A^- + H_2O \rightarrow AH + HO^-$.

À retenir

Le symbole → signifie que la réaction est totale et que AH est totalement dissocié.

- On appelle **acide** [resp. base] **indifférent**, un acide [resp. base] ne réagissant pas avec l'eau.
- Par définition, un acide fort est une solution dans laquelle les seuls acides présents sont **les ions oxonium et l'eau**. Une base forte est une solution dans laquelle les seules bases présentes sont **les ions hydroxyde et l'eau**.

Exemple : l'acide chlorhydrique est un acide fort et la soude ou hydroxyde de sodium, une base forte.

- On appelle **acide** [resp. base] **faible**, un acide [resp. une base] dont la réaction avec l'eau n'est pas totale.
- La réaction chimique associée à la **réaction d'un acide faible AH dans l'eau** fait intervenir le couple acide faible/base faible AH/A^- et celui de l'eau en tant que base, soit H_3O^+/H_2O.
- Dans ce cas, l'équation bilan se note avec le symbole « ⇄ » ou « = » signifiant qu'il s'agit d'un **équilibre** et non d'une réaction totale :

$$AH(aq) + H_2O(l) \rightleftarrows A^-(aq) + H_3O^+(aq)$$

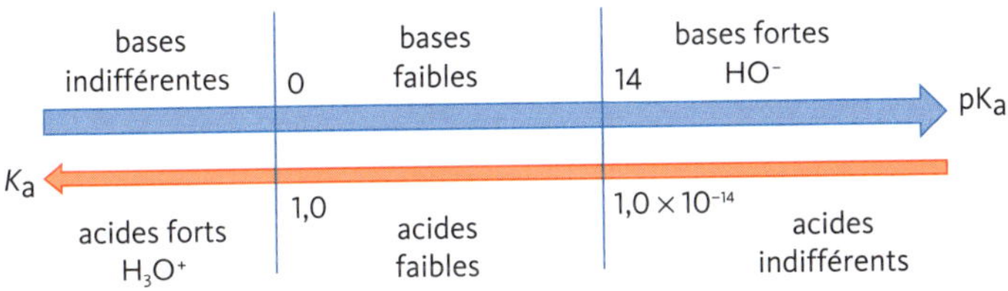

2 pH de solutions d'acides ou bases forts

- Prenons l'exemple d'une solution aqueuse d'acide chlorhydrique de concentration c (en $mol \cdot L^{-1}$) : $HCl + H_2O \rightarrow Cl^- + H_3O^+$.
  - L'autoprotolyse de l'eau s'écrit aussi : $2H_2O \rightarrow HO^- + H_3O^+$.
  - La solution d'acide étant électriquement neutre, l'électroneutralité s'écrit : $[H_3O^+] = [HO^-] + [Cl^-]$ avec $[Cl^-] = c$.
  - La solution est acide, les ions oxonium sont largement majoritaires devant les ions hydroxyde :

$$[H_3O^+] \times [HO^-] = K_e$$

et $[H_3O^+] = 10^{-pH} = \dfrac{K_e}{[HO^-]} = \dfrac{10^{-14}}{[HO^-]} >> 10^{-7}$, donc $[HO^-] << 10^{-7}$ $mol \cdot L^{-1}$ (négligeable).

  - On a alors : $[H_3O^+] = [Cl^-] = c$ et $pH = -\log [H_3O^+] = -\log c$.

- Le pH d'une **solution aqueuse d'acide fort** de concentration c est :

$$\mathbf{pH = -\log c}$$

- Le pH d'une **solution aqueuse de base forte** de concentration c est :

$$\mathbf{pH = pK_e + \log c}$$

3 Réactions acide fort-base forte

- La réaction d'un acide fort avec une base forte revient à considérer la réaction totale des ions oxonium avec les ions hydroxyde :

$$\mathbf{H_3O^+ + HO^- \rightarrow 2H_2O}$$

À retenir

Cette réaction est inver[se] de l'autoprotolyse de l'eau avec :

$$K = \frac{1}{K_e}$$

Mémo'Quiz

1. Une base forte réagit totalement avec l'eau. ❑ Vrai ❑ Faux
2. Un acide indifférent réagit peu avec l'eau. ❑ Vrai ❑ Faux
3. La réaction acide fort-base forte produit de l'eau. ❑ Vrai ❑ Faux
4. L'eau est une base forte. ❑ Vrai ❑ Faux

→ corrigés p. 159

Diagramme de prédominance 28

Lue Relue Acquise

Le diagramme de prédominance explicite de manière très visuelle les espèces majoritaires en solution en fonction du pH de celle-ci.

1 Taux d'avancement τ à l'équilibre

- À l'équilibre, on définit le taux d'avancement $\tau = \frac{x_{éq}}{x_{max}} = \frac{x_f}{x_{max}}$ avec x_f l'avancement final à l'équilibre, différent de l'avancement maximal x_{max}.
- La réaction d'un acide AH de concentration donnée avec l'eau a un taux d'avancement final **d'autant plus important** que la **constante d'acidité K_a** du couple AH/A^- est **élevée** (pK_a faible) ou que le **pH de la solution est faible**.
- La réaction d'une base A^- de concentration donnée avec l'eau a un taux d'avancement final d'autant plus important que la constante d'acidité K_a du couple AH/A^- est faible (pK_a élevé) ou que le pH de la solution est important.

Remarque

La constante d'acidité K de la réaction de A^- sur l'eau est $K = \frac{K_e}{K_a}$.

2 Domaine de prédominance

- Par définition, $K_a = \frac{[A^-]_{éq}[H_3O^+]_{éq}}{[AH]_{éq}}$, soit $[H_3O^+]_{éq} = \frac{[AH]_{éq}}{[A^-]_{éq}} K_a$ et :

$$\mathbf{pH = pK_a + \log\frac{[A^-]_{éq}}{[AH]_{éq}}}$$

- Au vu de cette dernière relation, on peut définir trois domaines.

Si $pH = pK_a$, alors $\log\frac{[A^-]_{éq}}{[AH]_{éq}} = 0$ et $[A^-]_{éq} = [AH]_{éq}$.

Si $pH << pK_a$, alors $\log\frac{[A^-]_{éq}}{[AH]_{éq}} << 0$ et $\frac{[A^-]_{éq}}{[AH]_{éq}} << 10^0 = 1$.

On en déduit que $[A^-]_{éq} << [AH]_{éq}$.

Vocabulaire

Une espèce est prédominante lorsque sa concentration en solution est la plus importante de toutes.

Si $pH >> pK_a$, par le même raisonnement que précédemment, on en déduit que $[A^-]_{éq} >> [AH]_{éq}$.

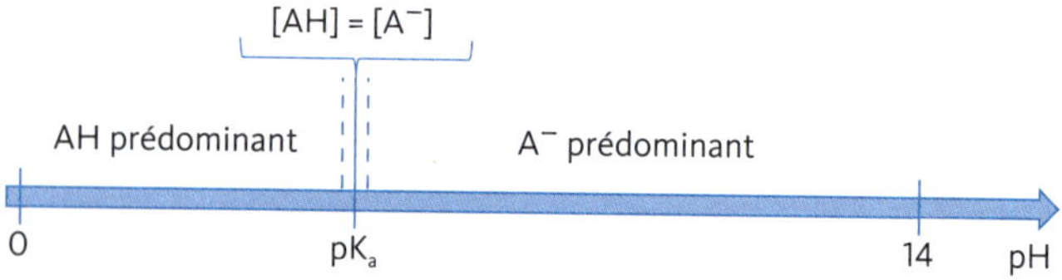

3 Exemple d'une espèce ampholyte

- La glycine est un acide aminé ampholyte de formule $H_2N - CH_2 - COOH$ dont les pK_a sont : $pK_{a1} = 2,3$ et $pK_{a2} = 9,6$.
- La base conjuguée de la glycine est $H_2N - CH_2 - COO^-$. Le pK_a de ce couple est de 2,3 donc pour pH << 2,3 l'espèce prédominante est $H_2N - CH_2 - COO^-$, et pour pH >> 2,3 la glycine est prédominante.
- L'acide conjugué de la glycine est $^+H_3N - CH_2 - COOH$. Le pK_a de ce couple est de 9,6 donc pour pH << 9,6 la glycine est prédominante, et pour pH >> 9,6 l'espèce prédominante est $^+H_3N - CH_2 - COOH$.

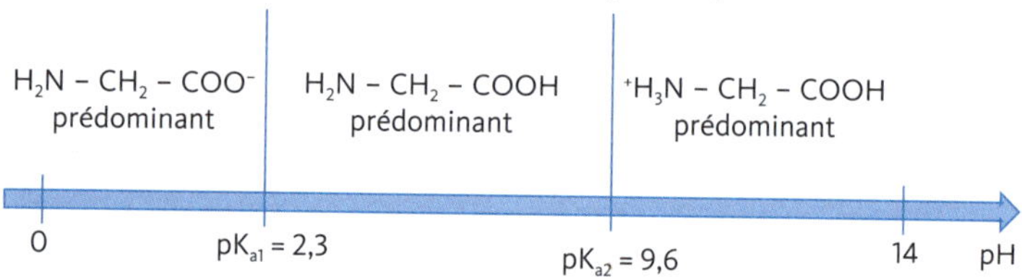

Mémo'Quiz

1. **Pour $pH = pK_a$, acide et base coexistent.** ❑ Vrai ❑ Faux
2. **Pour un composé ampholyte, il y a deux pK_a.** ❑ Vrai ❑ Faux
3. **La forme acide est majoritaire à un pH inférieur au pK_a.** ❑ Vrai ❑ Faux
4. $pH = pK_a - \log \frac{[AH]_{éq}}{[A^-]_{éq}}$ ❑ Vrai ❑ Faux

→ corrigés p. 159

Cas particuliers de couples acido-basiques

29

Lue Relue Acquise

Certains couples acido-basiques ont des propriétés particulières et peuvent être utilisés comme indicateurs colorés afin de repérer l'équivalence dans un titrage acido-basique. Un mélange équimolaire d'acide et de base conjuguée est aussi utilisé comme solution tampon.

1 Solutions courantes d'acides et de bases

- Les solutions courantes d'acides sont l'acide chlorhydrique de formule (H_3O^+(aq), Cl^-(aq)) et l'acide nitrique de formule (H_3O^+(aq), NO_3^-(aq)) qui sont des acides forts. L'exemple courant de l'acide faible est l'acide éthanoïque de formule CH_3COOH(aq), acide qui compose le vinaigre par exemple.
- Les solutions courantes de bases sont l'hydroxyde de sodium de formule (Na^+(aq), HO^-(aq)), communément appelé soude, et l'ammoniac de formule NH_3(aq).

2 Indicateurs colorés acido-basiques

- Un indicateur coloré acido-basique est une entité dont la forme acide, le plus souvent notée HIn, a une **couleur différente** de sa base conjuguée, le plus souvent notée In^-.

Remarque
Pour chaque type de réaction, il existe un type propre d'indicateur.

Il réagit avec l'eau suivant l'équation de la réaction :

$$HIn(aq) + H_2O(l) = H_3O^+(aq) + In^-(aq)$$

- La zone de pH telle que $pK_a - 1 < pH < pK_a + 1$, dans laquelle aucune couleur acide ou basique ne domine, est appelée **zone de virage** de l'indicateur coloré. La teinte obtenue au niveau de la zone de virage est appelée **teinte sensible.**

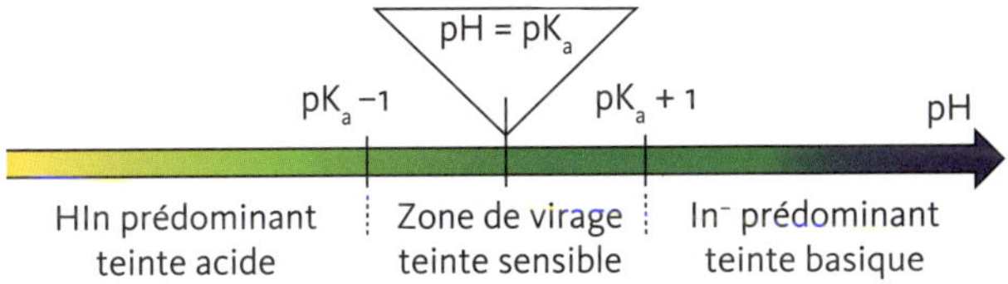

• Un indicateur coloré est utilisé pour **repérer l'équivalence d'un titrage colorimétrique**. Il faut donc choisir un indicateur dont la zone de virage contient le pH du point d'équivalence pH_E, soit : $pK_a - 1 < pH_E < pK_a + 1$.

Avant l'équivalence, la solution a donc une teinte différente de celle obtenue après l'équivalence : **ce changement de couleur doit être brutal** au moment de l'équivalence pour que l'on puisse le repérer précisément.

À retenir

Dans le cas du titrage de l'acide chlorhydrique par la soude, $pH_E = 7$. L'indicateur le plus adapté est le bleu de bromothymol ou BBT dont la teinte acide est jaune et la teinte basique bleue avec un $pK_a = 6{,}8$.

3 Solution tampon

• Une solution tampon est une solution dont **le pH reste stable** malgré de petites additions de base, d'acide ou d'eau, c'est-à-dire dans le cas de petites dilutions.

• Une solution composée d'un **mélange équimolaire** d'un acide faible et de sa base faible conjuguée est une solution tampon de $pH = pK_a$.

• Les solutions tampons sont utilisées pour garantir, dans une certaine mesure, le pH d'une solution aqueuse de travail, mais aussi par exemple pour **étalonner un pH-mètre**.

• De nombreux milieux naturels sont tamponnés, c'est-à-dire constituent des solutions tampons : le sang, la salive, les sucs gastriques, le lait, etc.

Mémo'Quiz

1. Un indicateur coloré peut être transparent. ❑ Vrai ❑ Faux
2. Le pH à l'équivalence d'un titrage doit appartenir à la zone de virage de l'indicateur coloré. ❑ Vrai ❑ Faux
3. Un mélange équimolaire d'acide faible et de sa base conjuguée constitue un bon indicateur acido-basique. ❑ Vrai ❑ Faux
4. Plusieurs indicateurs colorés peuvent éventuellement être utilisés pour un titrage colorimétrique. ❑ Vrai ❑ Faux

→ corrigés p. 159

Passage forcé d'un courant

30

Lue Relue Acquise

Certaines réactions d'oxydoréduction sont spontanées, alors que leur réaction inverse nécessite un apport d'énergie de la part d'un générateur électrique.

1 Transformations spontanées

- Sous la hotte, on introduit dans un tube à essai quelques millilitres de dibrome et un petit morceau de tournure de cuivre. On observe rapidement une décoloration de la couleur orange du dibrome et l'apparition d'une couleur bleu turquoise caractéristique des ions cuivre II. L'équation bilan de cette réaction spontanée d'oxydoréduction est :

$$\mathbf{Br_2(aq) + Cu(s) = 2\,Br^-(aq) + Cu^{2+}(aq)}$$

Rappel

Si $Q_r << K$, la réaction évolue dans le sens direct.
Si $K >> 1$, la réaction est totale.

Le quotient de réaction à l'état initial est nul :

$Q_{r,\,i} = \dfrac{[Br^-]_i^2[Cu^{2+}]_i}{[Br_2]_i} = 0$ puisque les produits sont en quantité nulle à l'état initial.

- Dans un autre tube à essai, on introduit quelques millilitres d'une solution aqueuse contenant des ions bromure et d'une solution aqueuse d'ions cuivre II. **Aucun changement n'est constaté**.

L'équation bilan d'une possible réaction d'oxydoréduction serait :

$$2\,Br^-(aq) + Cu^{2+}(aq) = Br_2(aq) + Cu(s)$$

Le quotient de réaction à l'état initial est alors : $Q'_{r,\,i} = \dfrac{[Br_2]_i}{[Br^-]_i^2[Cu^{2+}]_i} = 0$

puisque $[Br_2]_i = 0\ mol \cdot L^{-1}$. Or la constante d'équilibre associée $K' = 1/K$ est de l'ordre de 10^{-25} et $Q'_{r,i} \approx K$. On en déduit que l'état initial est en fait déjà un état d'équilibre et que la **transformation n'a pas lieu**, ce que confirme l'observation.

2 Transformations forcées

- La transformation d'équation $2\,Br^-(aq) + Cu^{2+}(aq) = Br_2(aq) + Cu(s)$ **ne se produit pas spontanément**. Cependant, en apportant suffisamment d'énergie produite par un **générateur extérieur** à la solution, on peut

forcer la transformation et la faire évoluer dans le sens de production du dibrome et du cuivre.

3 Modélisation et schématisation

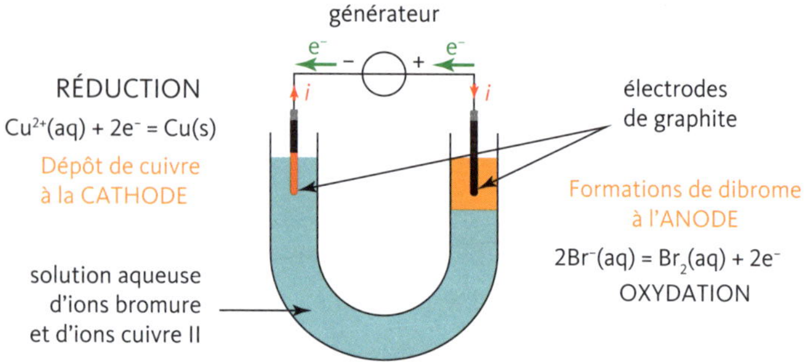

- Dans un dispositif permettant une transformation chimique forcée, on appelle :
  - **cathode**, l'électrode reliée à la **borne négative** du générateur au niveau de laquelle il y a une **réduction** de l'oxydant contenu dans la solution ;
  - **anode**, l'électrode reliée à **la borne positive** du générateur au niveau de laquelle il y a une **oxydation** du réducteur contenu dans la solution.

Rappel

Le sens conventionnel du courant va de la borne + vers la borne − du générateur. Il est opposé à celui de déplacement des ions.

Mémo'Quiz

1. Dans une transformation forcée, un réducteur cède des électrons récoltés au pôle positif du générateur. ❑ Vrai ❑ Faux
2. Une réaction spontanée n'est pas forcée. ❑ Vrai ❑ Faux
3. Dans une transformation forcée, un réducteur cède des électrons récoltés à la cathode. ❑ Vrai ❑ Faux
4. Dans une réaction forcée redox, il y a toujours réduction à la cathode et oxydation à l'anode. ❑ Vrai ❑ Faux

→ corrigés p. 159

Électrolyse

31

Lue Relue Acquise

L'électrolyse est une transformation d'oxydoréduction forcée. Un électrolyseur est un dispositif d'électrolyse convertissant ainsi l'énergie électrique fournie par un générateur extérieur en énergie chimique.

1 Dispositif et fonctionnement

- L'électrolyse est un processus durant lequel un système chimique reçoit de l'**énergie électrique qu'il convertit en énergie chimique**.
- L'énergie électrique est apportée par un générateur extérieur au système ; les porteurs de charge sont alors des électrons. Ces derniers sont acceptés ou cédés par le système chimique au niveau de deux électrodes dans une solution ionique appelée électrolyte ou solution électrolytique.
- En classe, un dispositif d'électrolyse peut être un tube en U ou un électrolyseur comme celui schématisé ci-après, utilisé en TP :

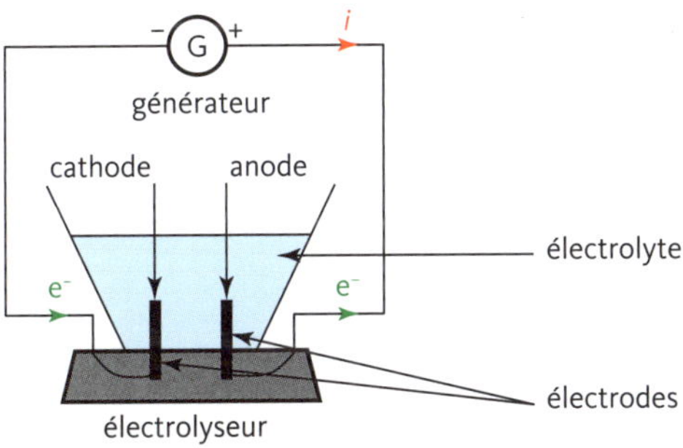

- Lorsque le courant est installé dans l'électrolyseur, les ions positifs appelés **cations migrent jusqu'à la cathode**, captent les électrons et subissent une **réduction**. Pendant ce temps, les ions négatifs de l'électrolyte ou **anions migrent jusqu'à l'anode** et cèdent des électrons : il y a **oxydation**.

À retenir

On parle de rédu<u>C</u>tion <u>C</u>athodique et d'oxyd<u>A</u>tion <u>A</u>nodique.

- Selon la nature des ions, le produit formé peut soit se déposer sur l'électrode de manière solide, soit dégazer dans le cas d'un produit gazeux.
- La nature de l'électrode permet de **sélectionner ou de contrôler** les réactions lors de l'électrolyse.

2 Quantité de matière et durée de l'électrolyse

- Comme dans le cas d'une pile, la quantité d'électricité débitée par le générateur lors de l'électrolyse pendant une durée Δt est le produit de l'intensité du courant I et de Δt :

$$Q = I\Delta t$$

avec Q la charge ou quantité d'électricité (en C).

- Or Q est égale à la charge totale des électrons échangés :

$$Q = n\text{N}_\text{A}\text{e}$$

Remarque

n correspond au nom d'électrons échangés lors des demi-équati coefficientées redox.

- La quantité n d'électrons échangés lors d'une réaction redox pendant une électrolyse est :

$$n = \frac{I \times \Delta t}{\text{N}_\text{A} \times \text{e}} \text{ avec } \begin{cases} I \text{ : intensité du courant (en A),} \\ \Delta t \text{ : durée de fonctionnement de la pile (en s),} \\ \text{N}_\text{A} \text{ : constante d'Avogadro (en mol}^{-1}\text{),} \\ \text{e : charge élémentaire (en C).} \end{cases}$$

- Les **demi-équations** permettent d'établir les relations entre les quantités d'électrons échangés et celles des produits formés.

Mémo'Quiz

1. L'électrolyseur est un convertisseur d'énergie : il transforme de l'énergie chimique en énergie électrique grâce aux électrons produits. ❑ Vrai ❑ Faux
2. Une solution ionique contient des cations et des anions, un type d'ions entraînant forcément la présence de l'autre pour des questions d'électroneutralité de la solution. ❑ Vrai ❑ Faux
3. Dans une électrolyse, il y a réduction à la cathode, électrode reliée au pôle positif du générateur, et oxydation à l'anode. ❑ Vrai ❑ Faux
4. La quantité d'électrons échangés lors d'une électrolyse dépend de l'intensité du courant débité par le générateur extérieur. ❑ Vrai ❑ Faux

→ corrigés p. 159

Stockage et conversion de l'énergie chimique

32

Lue Relue Acquise

Il existe de nombreux exemples de systèmes chimiques et biologiques de stockage et de conversion de l'énergie.

1 Piles et accumulateur

● La pile **saline ou pile Leclanché** a une f.é.m. ou tension à vide de 1,5 V et est constituée d'une électrode en graphite (pôle positif) et d'une électrode en zinc (pôle négatif). L'électrolyte est une solution gélifiée de chlorure de zinc et de chlorure d'ammonium qui joue le rôle de pont salin. C'est cet électrolyte qui est à l'origine du nom de la pile.

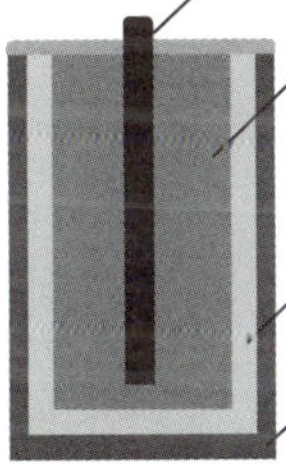

● À l'anode, il se produit l'oxydation du zinc : $Zn(s) = Zn^{2+}(aq) + 2e^-$.

À la cathode, il y a collecte des électrons utilisés lors de la réduction de l'oxyde de manganèse MnO_2 piégé dans l'électrolyte qui entoure l'électrode de graphite.

● La **pile alcaline** est basée sur le même principe de fonctionnement que la pile saline, mais l'électrolyte est une solution gélifiée alcaline ou basique d'hydroxyde de potassium.

La f.é.m. est aussi d'environ 1,5 V, mais la résistance interne de cette pile est **plus faible** que celle de la pile saline, et sa **durée de vie plus importante**.

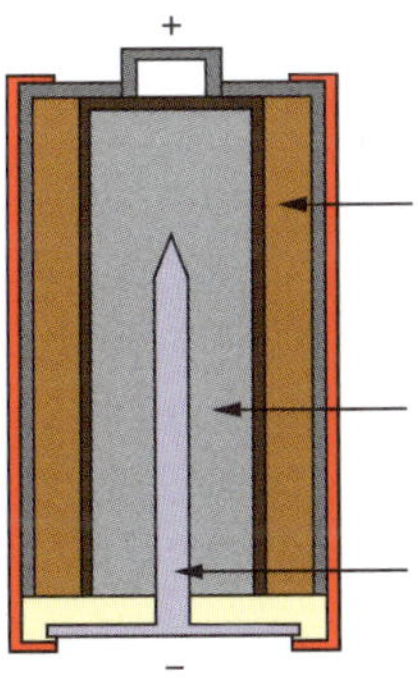

● Un **accumulateur** est un dispositif destiné à stocker l'énergie électrique pour la restituer ultérieurement. Un accumulateur est **rechargeable** : il **stocke et déstocke l'énergie de manière réversible**. Cependant, au fur et à mesure de son utilisation, il y a une usure constatée et une **perte progressive de capacité**.

2 Organismes chlorophylliens

● Les organismes chlorophylliens peuvent, grâce à la chlorophylle, **transformer l'énergie lumineuse en énergie chimique** que peut stocker et redistribuer l'adénosine triphosphate (ATP). La **chlorophylle** est un pigment contenu dans les chloroplastes des organismes chlorophylliens. Elle **absorbe les rayonnements visibles** dans le rouge et le bleu. Cette absorption permet d'exciter la chlorophylle qui **cède un électron**.

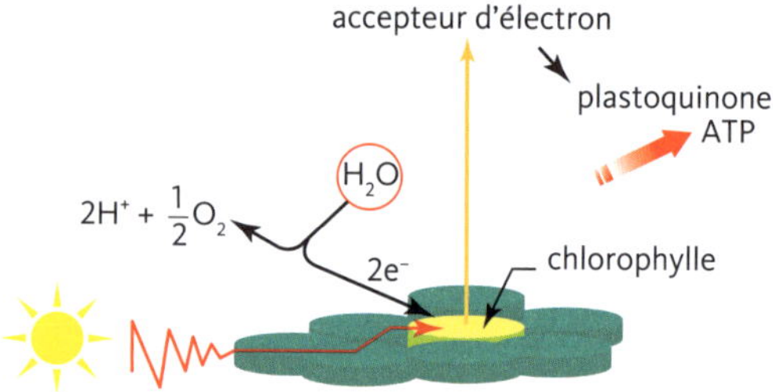

Rappel
- ATP : adénosine triphosphate.
- ADR : adénosine diphosphate.

● Un système accepteur d'électrons **stocke ces électrons un par un** avant de les **transférer aux plastoquinones** contenues dans la membrane des chloroplastes. Les plastoquinones participent au transport des électrons qui permettent la **transformation de l'ADP** en ATP. Cette dernière fournit ensuite l'**énergie nécessaire aux réactions chimiques** se produisant dans l'organisme.

● Les organismes chlorophylliens contiennent de l'eau. L'oxydation de cette molécule forme du **dioxygène rejeté dans le milieu extérieur**.

● Un des électrons va permettre de **régénérer la chlorophylle** qui pourra, à nouveau, absorber le rayonnement lumineux et se ré-exciter.

Mémo'Quiz

1. La pile saline dure plus longtemps que la pile alcaline. ❑ Vrai ❑ Faux
2. Les organismes chlorophylliens produisent de l'énergie chimique. ❑ Vrai ❑ Faux
3. La f.é.m. est la tension à vide. La tension diminue lors du fonctionnement. ❑ Vrai ❑ Faux
4. Un accumulateur est rechargeable. ❑ Vrai ❑ Faux

➜ corrigés p. 159

Familles fonctionnelles et nomenclature

33

Lue Relue Acquise

Les molécules organiques sont constituées d'atomes de carbone et d'hydrogène. D'autres atomes comme des atomes d'oxygène, d'azote, d'halogène, etc. peuvent être présents dans la molécule, créant ainsi un groupe fonctionnel permettant souvent une meilleure réactivité.

1 Formule topologique

- Une **formule** est une écriture symbolique d'une molécule.
- La **formule topologique** d'une molécule s'obtient à partir de sa formule développée :
  - en supprimant la liaison, le carbone et l'hydrogène des portions C–H ;
  - en compactant les liaisons –H sur l'atome de rattachement autre que le carbone ;
  - en brisant un enchaînement de deux liaisons, c'est-à-dire en introduisant un angle entre les liaisons, donnant l'effet d'une ligne brisée.

2 Esters, amines, amides et halogénoalcanes

- Le tableau ci-après récapitule la fonction organique caractéristique et la formule brute de certaines familles fonctionnelles (les alcools, aldéhydes, cétones et acides carboxyliques ont déjà été vus en classe de 1re Spécialité), avec à chaque fois un exemple.
- Un **halogénoalcane** est un alcane dont on a substitué un ou plusieurs atomes d'hydrogène H par un atome d'halogène X de **même valence** : il correspond donc à un alcane mono ou polysubstitué.

Un halogène est un élément de l'avant-dernière colonne du tableau périodique, soit F (fluor), Cl (chlore), Br (brome), I (iode) ou At (astate).

Remarque

Le fluor étant très réactif et l'astate rare, les halogénoalcanes sont des molécules contenant du chlore, du brome ou de l'iode.

- La formule brute est : $C_nH_{2n}O_2$ pour les esters ; $C_nH_{2n+3}N$ pour les amines ; $C_nH_{2n+1}NO$ pour les amides ; $C_nH_{2n+1}X$ pour les halogénoalcanes ou les alcanes monohalogénés.

Familles fonctionnelles et nomenclature

Famille	Fonction	Exemple et nomenclature
Esters	$-\underset{\underset{\displaystyle O}{\Vert}}{C}-O-$	Méthanoate d'éthyle $H-\underset{\underset{\displaystyle O}{\Vert}}{C}-O-CH_2-CH_3$
Amines	$-N-$	Éthanamine ou aminoéthane $CH_3-CH_2-NH_2$
Amides	$-\underset{\underset{\displaystyle O}{\Vert}}{C}-N-$	3-éthyl-6-méthylheptanamide 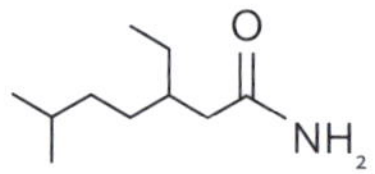
Halogénoalcanes	$-X$	2-bromopropane $CH_3-CHBr-CH_3$

● **Nomenclature** : la chaîne principale doit contenir le groupe caractéristique et être numérotée de façon à attribuer à ce dernier le plus petit numéro possible. La numérotation est alors permanente et permet de numéroter les différentes ramifications le cas échéant.

Mémo'Quiz

1. La formule topologique du 2-méthylbutan-2-ol donne à voir un atome d'hydrogène et un atome d'oxygène. ❑ Vrai ❑ Faux
2. L'éthanoate de propyle a la formule semi-développée suivante : $CH_3-CH_2-O-CO-CH_2-CH_3$. ❑ Vrai ❑ Faux
3. Les molécules contenant un atome d'azote appartiennent soit à la famille des amides, soit à la famille des amines. ❑ Vrai ❑ Faux
4. Un composé polyfonctionnel est un polymère qui contient une fonction organique. ❑ Vrai ❑ Faux

➜ corrigés p. 159

Isomérie de constitution

34

Lue Relue Acquise

Des molécules isomères de constitution ont la même formule brute, mais des formules développée, semi-développée et topologique différentes. Il existe trois types d'isomérie de constitution : l'isomérie de chaîne ou de squelette, de position et de fonction.

1 Squelettes carbonés insaturés et cycliques

- Un squelette carboné insaturé est un enchaînement d'atomes de carbone liés entre eux par au moins **une liaison différente d'une liaison simple** :

  – il s'agit d'un **alcène** si une liaison carbone/carbone est une **liaison double**. Dans ce cas, la nomenclature est celle des alcanes en remplaçant le suffixe « ane » par « -n°-ène » et en intégrant le numéro du premier carbone de rattachement de la liaison double. Ce numéro doit être le plus petit possible.

  Exemples : les alcènes provenant du butane sont le but-1-ène $CH_2 = CH - CH_2 - CH_3$ et le but-2-ène $CH_3 - CH = CH - CH_3$.

  – il s'agit d'un **alcyne** si une liaison carbone/carbone est une **liaison triple**. Dans ce cas, la nomenclature est identique à la précédente en remplaçant « -n°-ène » par « -n°-yne ».

  Exemples : formules topologiques du hept-3-ène et du but-2-yne

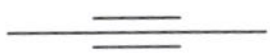

- Un squelette carboné **cyclique** est un enchaînement d'atomes de **carbone liés entre eux par un cycle**. Si la molécule ne présente pas d'insaturation, la nomenclature est celle des alcanes précédée de « cyclo ».

  Exemples : formules topologiques du cyclohexane et du méthyl-cyclopentane

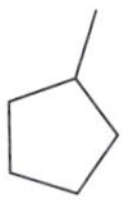

Il est possible d'obtenir une molécule contenant **plusieurs insaturations** du même type ou de types différents (il est fréquent que les cycles soient saturés).

2 Isomère de constitution

- Deux molécules sont **isomères de constitution** si elles ont **même formule brute** mais des formules développée, semi-développée ou topologique différentes.
- Il existe trois types d'isomérie de constitution : l'**isomérie de chaîne**, aussi appelée isomérie de squelette, l'**isomérie de position** et enfin l'**isomérie de fonction**.
- Les **isomères de chaîne** ont des squelettes carbonés différents, c'est-à-dire qu'ils n'ont **pas la même chaîne principale**.

  Exemple : le cyclohexane et le méthylcyclopentane ont la même formule brute C_6H_{12}, mais des formules topologiques différentes (voir ci-avant).

- Les isomères de position ont **une insaturation, une ramification, un groupe fonctionnel ou un substituant rattaché à deux atomes de carbone différents** de leur chaîne carbonée.

  Exemple : le pent-1-ène et le pent-2-ène sont deux isomères de position, tout comme le 2-bromohexane ou le 3-bromohexane.

- Les isomères de fonction ont des **fonctions différentes**.

À retenir

Dans le cas d'une isomérie de position, le nom des isomères en nomenclature systématique est le même, à un ou plusieu[rs] numéros près.

Mémo'Quiz

1. Deux molécules portant le même nom, à leurs numéros près, sont des isomères de constitution de position. ❑ Vrai ❑ Faux
2. La pentan-2-one, la pentan-3-one et le pentanal sont des isomères de constitution. ❑ Vrai ❑ Faux
3. La pentan-2-one, la pentan-3-one et le pentanal sont des isomères de constitution de fonction. ❑ Vrai ❑ Faux
4. Une molécule contient 6 atomes de carbone et autant d'atomes d'hydrogène que nécessaire. Dans ce cas, la molécule contenant une seule liaison double est isomère de constitution de la molécule cyclique. ❑ Vrai ❑ Faux

→ corrigés p. 159

Polymères

35

Lue Relue Acquise

Un polymère est une très longue molécule périodique. Les plastiques appartiennent à la famille des polymères et sont encore très largement utilisés dans notre vie quotidienne.

1 Polymères naturels et synthétiques

- Un **polymère** est une macromolécule de quelques milliers d'atomes. Il est constitué d'un enchaînement de molécules qui se lient entre elles par une réaction de **polymérisation**.

> **Remarque**
> Au sens étymologique du terme, polymère signifie « fait de plusieurs parties ».

- Les polymères peuvent être :
  - **naturels** comme la cellulose, la molécule d'ADN, le caoutchouc... ;
  - **synthétiques** comme les plastiques (polyéthylène PE, polychlorure de vinyle PVC...).

- Les polymères synthétiques sont pour la plupart issus de la **pétrolochimie** et extrêmement présents dans notre vie quotidienne :
  - tableaux de bord, pneumatiques et pare-chocs de voitures ;
  - tubes PVC pour l'évacuation des eaux et tubes en polyéthylène réticulé ou PER pour leur arrivée à la maison ;
  - gaines des fils électriques et des fibres optiques, ordinateurs, objets « plastiques » ;
  - verres de contact, biomatériaux, textiles...

pour ne citer qu'une très petite partie de la liste !

- Les polymères sont **solides** à température ordinaire en raison des multiples interactions entre les molécules qui les composent. Ces molécules sont désordonnées et forment un état **amorphe** (comme le verre).

- Si la température s'élève (au-delà de la température de transition vitreuse), la plupart des polymères **se ramollissent**. Certaines liaisons intermoléculaires sont alors brisées. À une température suffisamment élevée, ils deviennent suffisamment mous, et peuvent par exemple être moulés : ils sont alors **viscoélastiques**.

- Les polymères sont aussi utilisés en solution avec un solvant approprié. En fonction de leur concentration, ils constituent de très bons gels.

2 Monomère, motif et degré de polymérisation

- Le **monomère** est la molécule de base du polymère. Ce peut être un alcène dont la liaison double peut s'ouvrir afin de s'additionner à un autre monomère par exemple.
- Le **motif** est la séquence d'atomes, provenant du monomère, qui se répète dans la molécule de polymère.
- Le **degré *n* de polymérisation** est le nombre de répétitions du motif dans le polymère.

$$n\ CH_2 = CH_2 \longrightarrow -\!\!(\ CH_2 - CH_2\ )\!\!-_n$$

Exemple : le polyéthylène (PE) est le polymère obtenu à partir de l'éthène, ou éthylène, ce dernier constituant le monomère. L'équation de polymérisation est $n\ CH_2 = CH_2 \longrightarrow -\!\!(\ CH_2 - CH_2\ )\!\!-_n$.
$-CH_2-CH_2-$ est le motif et n le degré de polymérisation.

- Le polymère commence et se termine par quelques atomes différents du motif que l'on appelle **groupe terminal**.
- Le degré de polymérisation est souvent noté DP, il est proportionnel à la masse molaire du polymère. Le DP d'un polymère est d'autant plus élevé que la macromolécule est grande et que la masse molaire moléculaire *M* du polymère est élevée.

Remarque

Le groupe terminal peut être différent en début et en fin de chaîne.

Mémo'Quiz

1. L'addition de n molécules d'éthène $CH_2 = CH_2$ conduit au polyéthylène ou PE constitué de $2n$ motifs $-CH_2-$. ❑ Vrai ❑ Faux
2. Le polychlorure de vinyle est le polymère de motif $CH_2 = CHCl$. ❑ Vrai ❑ Faux
3. Le caoutchouc est un polymère naturel obtenu à partir de certaines plantes comme l'hévéa, mais peut être reproduit par polymérisation de synthèse. ❑ Vrai ❑ Faux
4. Le nombre de répétitions du motif dans un polymère est appelé degré de polymérisation DP. On le note n dans l'équation de polymérisation. ❑ Vrai ❑ Faux

→ corrigés p. 159

Vitesse de formation et rendement

36

Lue Relue Acquise

La vitesse de formation et le rendement d'une synthèse sont deux paramètres qu'il est important de contrôler et de maîtriser tant au laboratoire que dans l'industrie.

1 Optimisation de la vitesse de formation

- Dans un protocole, certaines opérations peuvent être réalisées pour optimiser la vitesse de formation d'un produit : la **concentration** ou la **pression** des réactifs ; la **température** ou l'**agitation** du milieu réactionnel ; le **solvant** ; le **catalyseur**.

Remarque

Le catalyseur utilisé est chimio-sélectif : il oriente le choix de la réaction prépondérante en accélérant sa cinétique au détriment d'autres réactions non désirées.

2 Rendement d'une synthèse

- Le **rendement *r* d'une synthèse** est le rapport entre la quantité de matière de l'espèce cible obtenue expérimentalement et celle calculée théoriquement, les quantités étant exprimées en mol :

$$r = \frac{\text{Quantité de matière obtenue}}{\text{Quantité de matière théorique}}$$

- Il est possible de définir un **rendement en masse** comme le rapport entre la masse de produit obtenue et la masse de produit théoriquement attendue. En effet, la quantité de matière étant proportionnelle à la masse de produit (la constante de proportionnalité étant la masse molaire invariable), la définition du rendement reste la même.

- La quantité de matière obtenue est la quantité de matière « expérimentale », alors que la quantité de matière théorique est celle calculée à partir de la réaction en la supposant totale.
Si la quantité de matière expérimentale obtenue est la même que la quantité théorique calculée, alors le rendement est de 1 ou 100 %.

- Le rendement d'une synthèse est d'autant plus important que l'on **introduit un des réactifs en excès** ou que l'on **élimine un produit** de la réaction.

● En effet, si l'on perturbe un équilibre chimique, le système chimique va évoluer **dans le sens qui tend à éliminer la cause de la perturbation**. Ainsi, lors d'un excès de réactif ou de l'élimination d'un des produits, le système chimique tend à consommer le réactif en excès ou à créer des produits en déplaçant l'équilibre dans le sens direct.

● Dans les deux cas, le quotient de réaction du système est inférieur à sa constante d'équilibre K, et **le système évolue dans le sens direct** (sens 1) : le **rendement est alors en augmentation**.

Mémo'Quiz

1. L'élimination d'un des produits formés lors d'une transformation n'accélère pas la réaction. Pour augmenter la cinétique, tous les produits doivent être récupérés en même temps.
   ❑ Vrai ❑ Faux
2. Une augmentation de température permet très souvent de modifier la cinétique d'une réaction et d'en augmenter son rendement.
   ❑ Vrai ❑ Faux
3. L'ajout progressif d'un des réactifs lors d'une transformation permet non seulement d'accélérer la formation des produits, mais aussi d'augmenter le rendement de la transformation.
   ❑ Vrai ❑ Faux
4. Dans le cas de la formation d'un produit gazeux, le rendement de la synthèse correspond au rapport du volume de gaz réellement obtenu sur le volume de gaz maximal possible.
   ❑ Vrai ❑ Faux

→ corrigés p. 159

Stratégie de synthèse multi-étapes

37

Lue Relue Acquise

La stratégie de synthèse correspond au choix de l'organisation des différentes étapes d'un processus de production mettant en jeu différents types de transformations.

1 Synthèse organique écoresponsable

- Une synthèse organique est constituée d'une ou de plusieurs étapes réactionnelles permettant de transformer progressivement un ensemble d'espèces chimiques en une espèce chimique « cible ».

Remarque

L'espèce chimique cible est le produit visé par la synthèse.

- On appelle **stade** d'une synthèse, un ensemble de plusieurs étapes successives. Le choix de la nature et de l'organisation de ces stades constitue la **stratégie de la synthèse organique**.
- Une synthèse **écoresponsable** minimise l'impact environnemental par un protocole prenant en compte les questions d'énergie, de formation et de valorisation des sous-produits de la réaction, etc.

2 Typologie des réactions

- Aux réactions acido-basiques et d'oxydoréduction déjà vues dans le programme de spécialité, on peut définir trois grandes catégories de réactions supplémentaires :
  - la réaction d'**addition** lorsque le réactif s'ajoute au substrat ;
  - la réaction d'**élimination** lorsque le réactif enlève un ou plusieurs atomes du substrat ;
  - la réaction de **substitution** lorsque le réactif apporte un ou plusieurs atomes au substrat et lorsque, sur le même site, un ou plusieurs autres atomes sont éliminés.

3 Modifications de fonction, de chaîne et polymérisation

Remarque

Dans le cas où le squelette de la chaîne carbonée n'est pas conservé, on parle de modification de chaîne.

- Lorsque seul le groupement fonctionnel d'un réactif est modifié, sans modification de la chaîne carbonée, on parle de **modification de fonction ou de groupe caractéristique**.

- La polymérisation permet un allongement considérable de la chaîne carbonée. Il existe deux types de réactions de polymérisation :
  - la **polyaddition** ne fabrique pas de sous-produits. Un initiateur de polymérisation agit sur une insaturation de type liaison double des molécules à polymériser. Sous son action, la **double liaison s'ouvre**, rendant possible l'addition entre molécules (production du polyéthylène ou PE) ;
  - la **polycondensation** engendre un sous-produit, souvent une petite molécule comme H_2O (fabrication du nylon).

4 Protection/déprotection

- Une **molécule polyfonctionnelle** est une espèce chimique constituée de plusieurs groupes fonctionnels.

  Exemple : la molécule de glucose de formule semi-développée
  $CH_2OH-CHOH-CHOH-CHOH-CHOH-CHO$ est une molécule polyfonctionnelle, qui comporte une fonction alcool (I), quatre fonctions alcool (II) et une fonction aldéhyde.

- Dans un **aménagement fonctionnel** par modification d'une fonction organique spécifique, les autres fonctions du réactif polyfonctionnel non concernées par l'aménagement **ne doivent pas réagir** : ces fonctions doivent donc être **protégées** avant de procéder à la synthèse.
- Lors d'une ultime étape du protocole expérimental, on procède à une **déprotection** qui consiste à récupérer la fonction protégée.

Mémo'Quiz

1. Une substitution est une transformation qui n'augmente pas le nombre d'entités (molécules, etc.). ❑ Vrai ❑ Faux
2. Une addition a moins de produits que de réactifs. ❑ Vrai ❑ Faux
3. Une polyaddition est une polymérisation d'alcènes. ❑ Vrai ❑ Faux
4. L'élimination est une réaction redox. ❑ Vrai ❑ Faux

→ corrigés p. 159

Vecteurs position, vitesse et accélération

38

Lue Relue Acquise

Le vecteur accélération est défini comme la dérivée du vecteur vitesse, lui-même étant la dérivée du vecteur position.

1 Vecteur position

- Si on définit un repère d'espace $(O, \vec{i}, \vec{j}, \vec{k})$ dans le référentiel d'étude et une origine des temps, tout point M de l'espace est alors repéré par le vecteur position $\overrightarrow{OM}(t)$:

$$\overrightarrow{OM}(t) = x(t)\vec{i} + y(t)\vec{j} + z(t)\vec{k}$$

- Dans un repère orthonormé, la norme du vecteur position est $||\overrightarrow{OM}|| = \sqrt{x^2 + y^2 + z^2}$.

2 Vecteur vitesse

- Dans le référentiel d'étude muni du repère $(O, \vec{i}, \vec{j}, \vec{k})$, on définit le vecteur vitesse en $M(t)$, noté $\vec{v}_M(t)$, qui a les caractéristiques suivantes :
  - **point d'application** : au point $M(t)$;
  - **direction** : tangente à la trajectoire ;
  - **sens** : celui du mouvement ;
  - **norme** : $||\vec{v}_M(t)|| = \dfrac{M_1M_2}{\Delta t}$, avec M_1 et M_2 les positions du système M repérées à l'instant immédiatement avant et immédiatement après t, et Δt la durée entre celles-ci.

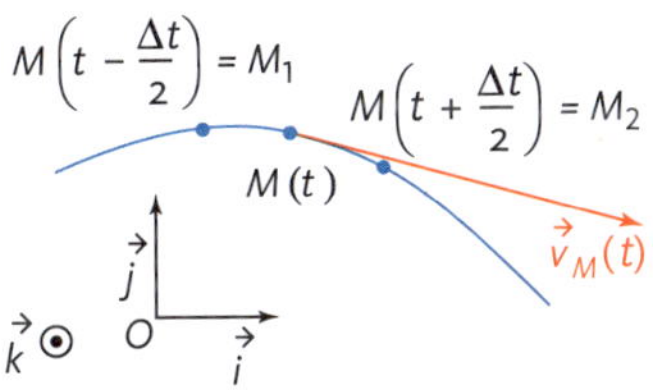

● Les positions de M sont infiniment proches, et Δt est infiniment faible. La vitesse au point $M(t)$ est alors la dérivée du vecteur position par rapport au temps :

$$\vec{v}_M(t) = \lim_{\Delta t \to 0} \frac{\Delta\overrightarrow{OM}(t)}{\Delta t} = \frac{d\overrightarrow{OM}(t)}{dt}$$

avec $\frac{dx}{dt}$ signifiant « dérivée de x par rapport à t ».

Remarque
La vitesse appara[ît] comme le taux de variation de la position par rapp[ort] au temps.

● Dans un repère orthonormé, la norme du vecteur est :

$$||\vec{v}_M(t)|| = \sqrt{\frac{dx}{dt}^2 + \frac{dy}{dt}^2 + \frac{dz}{dt}^2} = \sqrt{\dot{x}^2 + \dot{y}^2 + \dot{z}^2}$$

avec $\dot{x}$ l'écriture simplifiée de la dérivée de x par rapport au temps.

3 Vecteur accélération

● Dans le référentiel d'étude muni du repère $(O, \vec{i}, \vec{j}, \vec{k})$, on définit le **vecteur accélération** $\vec{a}_M(t)$ comme la dérivée du vecteur vitesse par rapport au temps :

$$\vec{a}_M(t) = \lim_{\Delta t \to 0} \frac{\Delta\vec{v}_M(t)}{\Delta t} = \frac{d\vec{v}_M(t)}{dt}$$

Mémo'Quiz

1. La dérivée du vecteur accélération est le vecteur vitesse. ❑ Vrai ❑ Faux
2. La dérivée double est une dérivée de la dérivée. ❑ Vrai ❑ Faux
3. Le vecteur position est le vecteur $\overrightarrow{OM}$. ❑ Vrai ❑ Faux
4. $\frac{dx}{dt}$ est une dérivée temporelle de x. ❑ Vrai ❑ Faux

→ corrigés p. 159

Mouvement circulaire et repère de Frenet

39

Lue Relue Acquise

Dans le cas d'un mouvement circulaire, le repère cartésien (O, x, y) n'est pas le plus adapté à l'étude du mouvement. Le repère de Frenet est un repère mobile attaché au système, dont un des vecteurs unitaires est tangent à la vitesse du système et l'autre est dans la direction de l'accélération centripète.

1 Repère de Frenet

- Le repère de Frenet est un repère orthonormé mobile attaché au point M en mouvement. Il est constitué d'une base de vecteur appelée **base de Frenet** et notée $(\vec{\tau}, \vec{n})$.
- La base de Frenet est un doublet de vecteurs unitaires attachés à M tel que :
  - on définit arbitrairement un sens positif le long de la trajectoire de M qui est en général le sens du mouvement ;
  - le vecteur unitaire $\vec{\tau}$, appelé vecteur tangent, est comme son nom l'indique, tangent à la trajectoire et orienté dans le sens positif du mouvement ;
  - le vecteur unitaire $\vec{n}$, ou vecteur normal, est dirigé vers le centre du cercle localement tangent à la trajectoire, les vecteurs $\vec{\tau}$ et $\vec{n}$ étant perpendiculaires.

Remarque
Le cercle localement tangent à la trajectoire en M est appelé « cercle osculateur ».

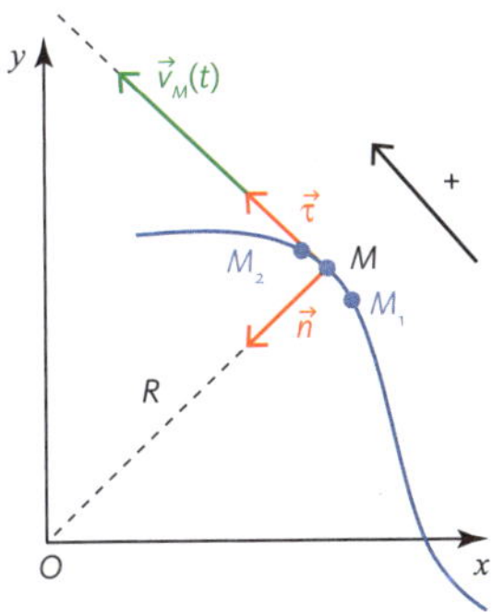

2 Vecteurs vitesse et accélération dans le repère de Frenet

- Précédemment, on a défini la vitesse du point M comme $\vec{v}_M(t) = \dfrac{\overrightarrow{M_1M_2}}{\Delta t}$ avec Δt très petit.

Soit $\vec{v}_M(t) = \lim\limits_{\Delta t \to 0} \dfrac{\overrightarrow{M_1M_2}}{\Delta t}$.

- On définit l'abscisse curviligne de la trajectoire que l'on note s par $\mathrm{d}s(t) = \lim\limits_{\Delta t \to 0} \overrightarrow{M_1M_2}$ et on en déduit une expression de la vitesse de M :

$$\vec{v}_M(t) = v_\tau \vec{\tau} = \frac{\mathrm{d}s}{\mathrm{d}t}\vec{\tau}$$

- Le vecteur vitesse n'a qu'une composante tangentielle $v_\tau = \dfrac{\mathrm{d}s}{\mathrm{d}t}$ suivant $\vec{\tau}$. La composante normale de la vitesse est nulle, $v_n = 0$.

- En revanche, le vecteur accélération a des composantes tangentielle a_τ et normale a_n non nulles :

$$\vec{a}_M(t) = \frac{\mathrm{d}\vec{v}_M(t)}{\mathrm{d}t} = a_\tau \vec{\tau} + a_n \vec{n}$$

avec $\begin{cases} a_\tau = \dfrac{\mathrm{d}v_\tau}{\mathrm{d}t} = \dfrac{\mathrm{d}\,||\vec{v}\,||}{\mathrm{d}t} \text{ et } a_n = \dfrac{v_\tau^2}{R} = \dfrac{||\vec{v}\,||^2}{R}, \\ R \text{ le rayon de courbure du cercle osculateur.} \end{cases}$

Mémo'Quiz

1. Le cercle osculateur est unique dans le cas d'un mouvement circulaire : il est confondu avec la trajectoire. ❑ Vrai ❑ Faux
2. L'angle entre les vecteurs unitaires du repère de Frenet est de $\pi/2$ rad. ❑ Vrai ❑ Faux
3. Le repère de Frenet est mobile. Son point d'application est le centre du mobile et ses axes sont fixes. Seul le centre du système change. ❑ Vrai ❑ Faux
4. La dérivée par rapport au temps des vecteurs unitaires de la base de Frenet est nulle comme celle des vecteurs unitaires de la base cartésienne. ❑ Vrai ❑ Faux

→ corrigés p. 159

Vecteur $\vec{a}$ de mouvements particuliers

40

Lue Relue Acquise

On étudie les cas particuliers de mouvements rectilignes et circulaires, qu'ils soient uniformes, accélérés ou décélérés dans la base de Frenet.

1 Mouvements rectilignes

- Soit un point mobile M en **mouvement rectiligne**. On note $s(t) = \widehat{OM}(t)$ l'abscisse curviligne par rapport à un point fixe O. La trajectoire étant une droite, on peut la considérer comme un cas particulier de trajectoire circulaire avec un rayon de courbure R tendant vers l'infini soit $\frac{v_\tau^2}{R} = 0$.
- L'accélération est dirigée suivant le vecteur tangent $\vec{\tau}$ et a pour norme :

$$||\vec{a}_M|| = \frac{dv_\tau}{dt} = \frac{d||\vec{v}||}{dt}$$

- Dans le cas particulier d'un mouvement **rectiligne uniforme**, la vitesse du mobile M est constante. Sa dérivée est nulle, et $||\vec{a}_M|| = 0$.
- Si le mouvement est rectiligne uniformément accéléré, l'accélération est dirigée suivant le vecteur tangent $\vec{\tau}$ et a une **norme constante**.

2 Mouvements circulaires

- Soit P le produit scalaire défini comme : $P = \vec{a}_M(t) \cdot \vec{v}_M(t)$. On montre que $P = \frac{1}{2}\frac{d(||\vec{v}||^2)}{dt}$.

Rappel
Un produit scalaire est un scalaire, c'est-à-dire un nombre.

- Dans le cas d'un mouvement circulaire :

– **uniforme**, $||\vec{v}||$ est une constante, donc le produit scalaire $P = 0$, et les **vecteurs accélération et vitesse sont perpendiculaires** : le vecteur vitesse étant tangent à la trajectoire, on en déduit que le vecteur accélération est suivant le vecteur normal $\vec{a}_M(t) = \frac{v_\tau^2}{R}\vec{n}$ avec $\frac{v_\tau^2}{R} > 0$;

– **accéléré**, $||\vec{v}||$ augmente et $\frac{d(||\vec{v}||^2)}{dt} > 0$, donc $P > 0$, et le vecteur accélération a ses deux composantes positives, c'est un vecteur inscrit dans le quart de plan $(\vec{\tau}, \vec{n})$;

– **décéléré ou ralenti**, $||\vec{v}||$ diminue et $\frac{d(||\vec{v}^2||)}{dt} < 0$, donc $P < 0$, et le vecteur accélération a sa composante tangentielle $\frac{dv_\tau}{dt} = \frac{d||\vec{v}||}{dt} < 0$, c'est un vecteur inscrit dans le quart de plan $(-\vec{\tau}, \vec{n})$.

3 Représentation des vecteurs

- On appelle **chronophotographie** les photographies des positions du système ramené à un point mobile $M(t)$ prises à intervalles de temps constants. Elle permet numériquement ou manuellement de construire les vecteurs vitesse et accélération pour chaque position du point mobile M à l'instant t.
- Le vecteur vitesse est toujours tangent à la trajectoire et orienté dans le sens du mouvement.
- La chronophotographie permet de reconstituer la trajectoire du système lors d'une période donnée. Plus l'intrevalle entre deux photographies est court, et plus la chronophotographie est fidèle à la trajectoire.

Mémo'Quiz

1. Dans le cas d'un mouvement circulaire, l'accélération est suivant $\vec{n}$.
❑ Vrai ❑ Faux

2. Une chronophotographie a des positions régulièrement espacées.
❑ Vrai ❑ Faux

3. Une trajectoire rectiligne est un cas particulier d'un cercle à rayon infini.
❑ Vrai ❑ Faux

4. $P = \vec{a}_M(t) \cdot \vec{v}_M(t)$ est proportionnel à v_M^2.
❑ Vrai ❑ Faux

→ corrigés p. 159

Deuxième loi de Newton

41

Lue Relue Acquise

La deuxième loi de Newton explicite la relation entre la variation de la quantité de mouvement d'un système et la résultante des forces extérieures qui agissent sur lui.

1 Système et référentiel

- On appelle **système** un objet dont on étudie le mouvement.
- Le **centre de masse** G d'un système est le point remarquable auquel on attribue toute la masse du système pour une étude simplifiée. Pour les objets de densité uniforme, G est le centre géométrique.
- Le **référentiel** est l'observateur par rapport auquel on étudie le mouvement d'un système. On lui attache généralement un **repère** d'espace $(O, \vec{i}, \vec{j}, \vec{k})$.
- Le principe d'inertie n'est valable que dans certains référentiels, appelés **référentiels galiléens**. On postule l'existence d'au moins un référentiel galiléen, tout autre référentiel galiléen étant en mouvement de translation rectiligne par rapport à lui.
- Un **système isolé** est un système qui n'est soumis à aucune force extérieure. Un système **pseudo-isolé** est en revanche un système soumis à un ensemble de forces qui se compensent.

Remarque

Le référentiel terrestre peut être considéré comme galiléen si l'on étudie des mouvements d'une durée suffisamment courte pour pouvoir négliger les effets de la rotation de la Terre.

2 Quantité de mouvement et résultante des forces

- On appelle quantité de mouvement $\vec{p}$ d'un point matériel, le vecteur :

$$\vec{p} = m\vec{v} \text{ avec } \begin{cases} m : \text{masse du système (en kg)}, \\ \vec{v} : \text{vecteur vitesse instantanée}. \end{cases}$$

- La somme vectorielle des forces extérieures appliquées à un système mécanique est appelée résultante des forces. Elle se note $\sum \vec{F}_{ext}$.

3 Deuxième loi de Newton

● Deuxième loi de Newton ou théorème du centre d'inertie

Dans un référentiel galiléen, la résultante des forces extérieures agissant sur un système est égale à la dérivée temporelle du vecteur quantité de mouvement de son centre d'inertie :

$$\sum \vec{F}_{ext} = \frac{d\vec{p}_G}{dt}$$

Bien comprendre

Si la masse du système est constante, alors : $\frac{d\vec{p}_G}{dt} = m\frac{d\vec{v}_G}{dt}$.

● Le principe d'inertie apparaît comme un cas particulier de la seconde loi de Newton. Si $\vec{v}$ est un vecteur constant (mouvement rectiligne uniforme) ou nul (immobilité), alors $\frac{d\vec{p}}{dt} = \vec{0}$, et la résultante des forces est nulle. Les forces agissant sur le système se compensent donc.

Mémo'Quiz

1. Dans l'expression $\frac{d\vec{p}_G}{dt}$, on peut simplifier par d et on obtient $\frac{\vec{p}_G}{t}$.

❑ Vrai ❑ Faux

2. Le principe d'inertie est un cas particulier de la deuxième loi de Newton.

❑ Vrai ❑ Faux

3. Dans l'expression $\frac{dy}{dt}$, d représente une distance exprimée en m.

❑ Vrai ❑ Faux

4. Si la quantité de mouvement d'un système est un vecteur constant du temps, la résultante des forces est nulle.

❑ Vrai ❑ Faux

→ corrigés p. 159

Mouvement dans un champ de pesanteur uniforme $\vec{g}$

42

Lue Relue Acquise

Lors d'une chute libre, un système n'est soumis qu'à son poids. La deuxième loi de Newton permet de déterminer les coordonnées des vecteurs accélération, vitesse et position, d'en déduire l'équation de la trajectoire et la position du contact du système avec le sol.

1 Chute libre avec vitesse initiale

- On considère un système mécanique uniquement soumis à un champ de pesanteur uniforme $\vec{g}$. Le référentiel d'étude est considéré comme galiléen.
- Nous traiterons ici un cas général : un projectile, de masse m constante et ramené à son centre d'inertie G, est lancé d'une hauteur H par rapport au sol avec une vitesse initiale $\vec{v}_0$ faisant un angle α avec l'horizontale.

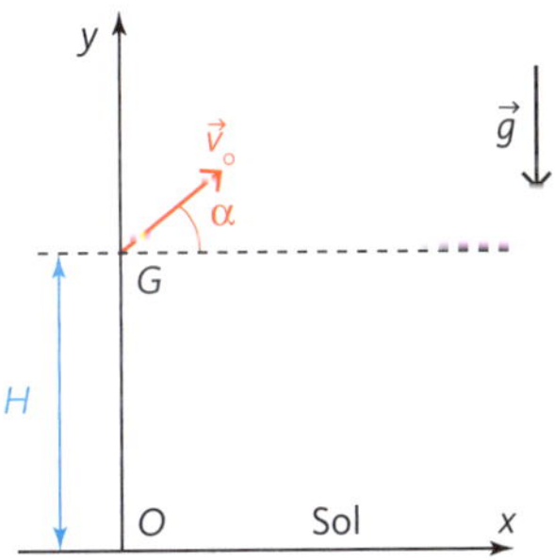

2 Équations horaires du mouvement

- En appliquant la seconde loi de Newton au projectile de masse constante m, soumis uniquement à son poids, on obtient :

$$\sum \vec{F}_{ext} = \vec{P} = m\vec{g} = \frac{d\vec{p}_G(t)}{dt} = m\vec{a}_G(t)$$

La masse étant non nulle, l'expression précédente se résume à $\vec{a}_G = \vec{g}$.

- Le vecteur $\vec{g}$ étant vertical descendant, il a pour coordonnées $\vec{g}(0, -g)$.

On en déduit celles de l'accélération : $\boldsymbol{a_x(t) = 0}$ et $\boldsymbol{a_y(t) = -g}$.

- Par intégration des coordonnées de l'accélération, on obtient celles de la vitesse du système : $v_x(t) = K_1$ et $v_y(t) = -gt + K_2$ avec K_1 et K_2 les constantes d'intégration à déterminer en exploitant les conditions initiales du problème.

Or à $t = 0$, $v_{0x} = K_1 = v_0\sin\alpha$ et $v_{0y} = K_2 = v_0\cos\alpha$, d'où $K_1 = v_0\sin\alpha$ et $K_2 = v_0\cos\alpha$.
Finalement, $\boldsymbol{v_x(t) = v_0\sin\alpha}$ et $\boldsymbol{v_y(t) = -gt + v_0\cos\alpha}$.

- Par nouvelle intégration, on en déduit les coordonnées du vecteur position :

$$x(t) = v_0 t\sin\alpha + K_3 \text{ et } y(t) = -\frac{gt^2}{2} + v_0 t\cos\alpha + K_4$$

avec K_3 et K_4 les constantes d'intégration à déterminer en exploitant les conditions initiales du problème. Or à $t = 0$, $x_G = K_3 = 0$ et $y_G = K_4 = H$. On obtient les équations horaires :

$$\mathbf{x(t) = v_0 t\sin\alpha}$$
$$\mathbf{y(t) = -\frac{gt^2}{2} + v_0 t\cos\alpha + H}$$

3 Équation de la trajectoire

- En utilisant l'expression de $x(t)$, on peut en déduire une expression de t :

$$t = \frac{x(t)}{v_0 \sin\alpha}$$

- On réinjecte cette expression dans la seconde équation horaire pour obtenir celle de la trajectoire qui se simplifie en :

$$\mathbf{y(x) = -\frac{g}{2}\left(\frac{x}{v_0 \sin\alpha}\right)^2 + x\tan\alpha + H} \qquad \text{(parabole)}$$

À retenir
L'équation
$y(x) = ax^2 + bx + c$
est celle d'une parabole

- Résoudre l'équation $y(x) = 0$ revient à connaître l'abscisse du point d'impact du projectile au sol.

Mémo'Quiz

1. Une chute libre est sans vitesse initiale.	❑ Vrai	❑ Faux
2. Les équations horaires dépendent de t.	❑ Vrai	❑ Faux
3. La trajectoire est une parabole si $\alpha \neq 0$.	❑ Vrai	❑ Faux
4. Si $\alpha = \pi$, la trajectoire est rectiligne.	❑ Vrai	❑ Faux

→ corrigés p. 159

Mouvement dans un champ électrique

43

Lue Relue Acquise

Par analogie avec l'étude d'un système dans un champ de pesanteur, on peut établir l'équation de la trajectoire d'un système dans un champ électrique. Une application est l'accélérateur de particules.

1 Champ électrique créé par un condensateur plan

- Un **condensateur** est un ensemble de **deux plaques parallèles chargées** soumis à une tension ou différence de potentiels *U*.

- On s'intéresse à une particule pénétrant entre deux plaques parallèles et horizontales P_1 et P_2, dans une zone où règne un champ électrique $\vec{E}$ supposé uniforme et perpendiculaire aux deux plaques.

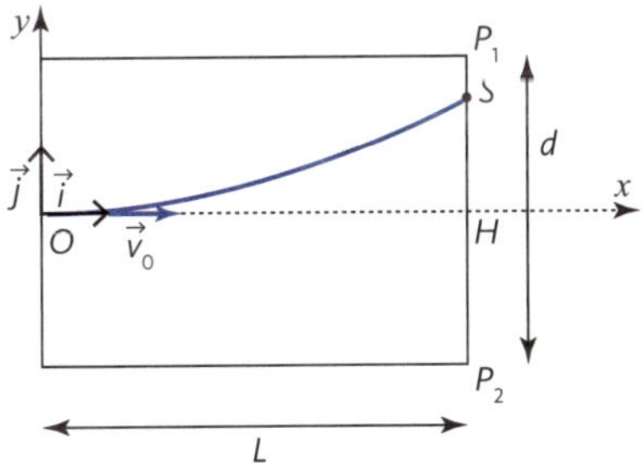

À l'instant $t = 0$, la particule de masse *m* et de charge *q* arrive en un point *O* avec une vitesse $\vec{v}_0$. La trajectoire de l'électron dans un repère (O, x, y) est donnée ci-dessus.

- La norme du champ électrique est $E = \frac{U}{d}$ avec *d* la distance entre les plaques, et la force électrique subie par la particule est de **norme** $\boldsymbol{F = |q|E = |q|\frac{U}{d}}$.

2 Trajectoire d'un électron

- L'électron, particule de charge négative, est ici attiré par la plaque P_1 : on en déduit que cette dernière est chargée positivement. Le champ électrique est donc orienté de la plaque positive P_1 vers la plaque P_2, contrairement à la force exercée sur l'électron, verticale vers le haut.

Rappel

La charge de l'électron est $q = -e$, avec e la charge élémentaire.

- Par analogie avec un système soumis à un champ de pesanteur uniforme, on établit l'équation de la trajectoire de l'électron dans le cas où $H = 0$, et en remplaçant $\vec{g}$ vertical vers le bas par $\frac{-e\vec{E}}{m}$ vertical vers le haut. Dans le cas présent, la vitesse initiale est horizontale, soit $\alpha = 0$.

- L'équation parabolique de la trajectoire de l'électron est, dans le cas traité ici : $y(x) = \frac{eEx^2}{2mv_0^2}$ avec $y(L)$ la déviation du faisceau, c'est-à-dire la distance de sortie de la particule par rapport à son point d'entrée.

- L'équation la plus générale de la trajectoire d'une particule de masse m et de charge q dans un champ $\vec{E}$ uniforme est :

$$\boldsymbol{y(x) = -\frac{qE}{2m}\left(\frac{x}{v_0 \sin\alpha}\right)^2 + x\tan\alpha + H}$$

La trajectoire dépend donc d'un ensemble de grandeurs physiques : q, m, E, v_0, α et H.

3 Principe d'un accélérateur linéaire

- Dans les expériences de physique des particules par exemple, il est nécessaire de pouvoir accélérer les particules chargées pour leur donner une **énergie cinétique importante** avant une collision.

- Un accélérateur linéaire est constitué d'un ensemble de modules d'accélération dans lesquels règne un champ électrique. L'accélération de la particule est $\vec{a} = \frac{q\vec{E}}{m}$.

Mémo'Quiz

1. Les équations de la trajectoire d'un système dans un champ de pesanteur ou électrique sont analogues. ❑ Vrai ❑ Faux

2. La trajectoire dépend de la charge de la particule. ❑ Vrai ❑ Faux

3. Un accélérateur de particules permet d'augmenter l'énergie cinétique des particules grâce à un champ électrique. ❑ Vrai ❑ Faux

4. La trajectoire de l'électron est linéaire. ❑ Vrai ❑ Faux

→ corrigés p. 159

Aspects énergétiques

44

Lue Relue Acquise

Le théorème de l'énergie cinétique ou la conservation de l'énergie mécanique d'un système dans un référentiel galiléen permet d'établir des relations entre les paramètres du système par une étude énergétique.

1 Théorème de l'énergie cinétique

- L'**énergie cinétique** d'un solide modélisé par un point matériel de masse *m* animé d'un mouvement à une vitesse $\vec{v}$ est :

$$E_c = \frac{1}{2}mv^2 \text{ avec } \begin{cases} m : \text{masse (en kg)}, \\ v : \text{norme du vecteur vitesse (en m·s}^{-1}\text{)}. \end{cases}$$

- **Théorème de l'énergie cinétique** : La variation de l'énergie cinétique d'un système entre deux points *A* et *B* de sa trajectoire est égale au travail de la résultante des forces extérieures appliquées au système entre *A* et *B*.

Rappel

Comme toute énergie, l'énergie cinétique s'exprime en joules (J).

$$E_c(B) - E_c(A) = \Delta E_c = W_{AB}\left(\sum \vec{F}_{ext}\right)$$

2 Conservation de l'énergie mécanique

- Par définition, l'énergie **mécanique** E_m est la somme de l'énergie cinétique E_c et de l'énergie potentielle E_p : $\boldsymbol{E_m = E_c + E_p}$.
- La variation d'énergie mécanique au cours d'un mouvement de *A* vers *B* d'un point matériel *M* est égale au travail des forces dissipatives exercées sur *M* lors du déplacement *AB* :

$$\Delta E_m = E_m(B) - E_m(A) = W_d$$

- Si les forces sont uniquement conservatives, $\Delta E_m = 0$: **l'énergie mécanique est conservée**.

3 Exploitation dans un champ uniforme

- Prenons le cas particulier d'une bille, de masse *m* constante, dans un champ de pesanteur. Elle remonte un plan incliné d'un angle θ avec l'horizontale.

● Le système étudié est la bille dans le référentiel terrestre supposé galiléen.

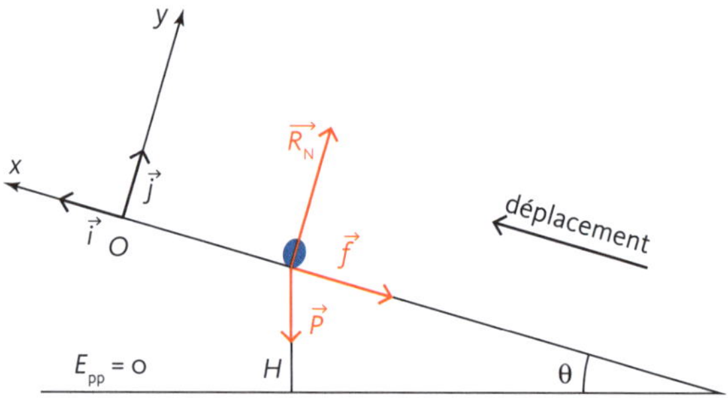

● **Bilan énergétique du système** :

– on a : $dE_m = d\left(\frac{1}{2}mv^2 + mgH\right) = d\left(\frac{1}{2}mv^2 + mgx\sin\theta\right) = mvdv + mg\sin\theta dx$

avec $dx = vdt$ donc $dE_m = mvdv + mg\sin\theta vdt$;

– par ailleurs, $dW_d = \vec{f} \cdot d\vec{x} = -fdx = -fvdt$.

Finalement, on obtient :

$dE_m = dW_d = mvdv + mg\sin\theta vdt = -fvdt$.

– en dérivant par rapport au temps, on obtient :

$mv\frac{dv}{dt} + mg\sin\theta v + fv = 0$, soit encore, v étant non nul,

$$\boldsymbol{m\frac{dv}{dt} + mg\sin\theta + f = 0}.$$

Remarque

Un bilan énergétique permet d'établir la même équation que celle utilisant la seconde loi de Newton.

Mémo'Quiz

1. L'énergie cinétique peut être négative. ❑ Vrai ❑ Faux
2. Les frottements sont une force dissipative. ❑ Vrai ❑ Faux
3. Le travail des forces de frottements est souvent résistant. ❑ Vrai ❑ Faux
4. Une force perpendiculaire au déplacement ne modifie par l'énergie cinétique du système. ❑ Vrai ❑ Faux

→ corrigés p. 159

Mouvement dans un champ de gravitation

45

Lue   Relue   Acquise

La trajectoire d'un satellite dans le champ de gravitation terrestre est circulaire uniforme.

1 Force gravitationnelle

- Considérons, par exemple, un satellite en orbite circulaire autour de la Terre.

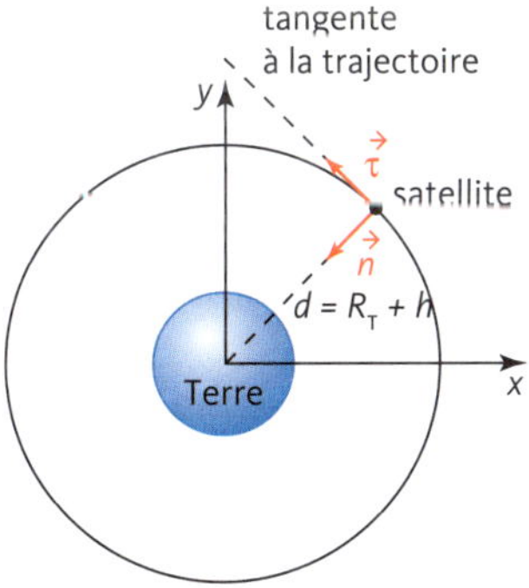

Rappel

La base de Frenet $(\vec{\tau}, \vec{n})$ est une base mobile attachée au centre du système d'étude, dont le vecteur unitaire $\vec{\tau}$ est tangent à la trajectoire et orienté dans le sens du mouvement et dont le vecteur unitaire $\vec{n}$ est dirigé vers le centre de courbure tel que la valeur de l'angle $(\widehat{\vec{\tau}, \vec{n}})$ soit $\frac{\pi}{2}$.

- Dans le référentiel géocentrique, supposé galiléen, la Terre exerce sur le satellite une force gravitationnelle :

$$\vec{F}_{T/S} = G\frac{M_T \cdot m}{d^2}\vec{n}$$ avec

- M_T : masse de la Terre ($M_T = 5{,}98 \times 10^{24}$ kg),
- m : masse du satellite (en kg),
- d : distance entre le satellite et le centre de la Terre (en m),
- G : constante gravitationnelle ($G = 6{,}67 \times 10^{-11}$ N·m²·kg⁻²),
- $\vec{n}$: vecteur unitaire normal de la base de Frenet.

- Un satellite géostationnaire se déplace de manière synchrone avec la Terre. Il semble toujours fixe pour un observateur immobile sur la croûte terrestre. Il est en orbite à une altitude $h = 36\ 000$ km environ.

2 Mouvement circulaire uniforme

- En appliquant la seconde loi de Newton au satellite de masse constante dans le référentiel géocentrique supposé galiléen, on a :

$$\frac{d\vec{p}_G}{dt} = m\vec{a} = \sum \vec{F}_{ext} = \vec{F}_{T/S} = G\frac{M_T \cdot m}{d^2}\vec{n}$$

- On en déduit alors facilement, en décomposant le vecteur accélération dans la base de Frenet, que :

$$\boldsymbol{a_\tau = \frac{dv}{dt} = 0} \qquad \text{et} \qquad \boldsymbol{a_n = \frac{v^2}{d} = G\frac{M_T}{d^2}}$$

- $\frac{dv}{dt} = 0$ soit v = constante : **le mouvement d'un satellite est circulaire uniforme**.
- $\frac{v^2}{d} = G\frac{M_T}{d^2}$, soit $v = \sqrt{\frac{GM_T}{d}} = \sqrt{\frac{GM_T}{R_T + h}}$: **la vitesse d'un satellite ne dépend que de sa distance au centre de la Terre**, donc de son altitude h.

> $\vec{a} = a\vec{n}$ avec $a = G\frac{M_T}{d^2}$, soit ***a* constante**

Mémo'Quiz

1. Le vecteur $\vec{n}$ de la base de Frenet est toujours centripète, c'est-à-dire dirigé vers le centre attracteur. ❑ Vrai ❑ Faux
2. Dans le cas d'un mouvement circulaire uniforme, le vecteur accélération est nul et le vecteur vitesse a une norme constante. ❑ Vrai ❑ Faux
3. Un système a un mouvement circulaire uniforme si son vecteur vitesse est un vecteur constant dans le temps. ❑ Vrai ❑ Faux
4. La masse du satellite n'influe pas sur sa trajectoire, ce qui n'est pas le cas du centre attracteur : l'accélération et la vitesse du satellite sont d'autant plus grandes que la masse du centre attracteur est grande. ❑ Vrai ❑ Faux

→ corrigés p. 159

Lois de Kepler

Lue Relue Acquise

46

Les trois lois de Kepler régissent les mouvements des planètes ou des satellites dans le champ gravitationnel d'un centre attracteur.

1 Référentiel d'étude

- Les lois de Kepler régissent les mouvements des planètes autour du Soleil. Le référentiel d'étude est alors un référentiel centré sur le centre du Soleil, dont les axes sont dirigés vers trois « étoiles fixes » : le **référentiel héliocentrique**.

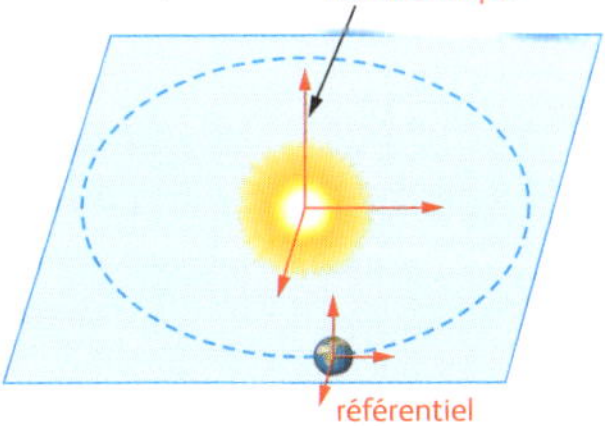

- Dans le cas de l'étude des satellites d'une planète, les lois de Kepler sont valables dans le **référentiel centré sur la planète**, ses axes étant fixes.
- Dans le cas de l'étude du mouvement de la Lune ou d'un satellite artificiel par rapport à la Terre, le référentiel d'étude, supposé galiléen, est le **référentiel géocentrique**.

2 Énoncé des trois lois de Kepler

- **Première loi** : La trajectoire du centre d'une planète est une **ellipse** dont le Soleil ou le centre attracteur est l'un des foyers.
- **Deuxième loi** ou **loi des aires** : Le mouvement du centre d'une planète est tel que le rayon planète-Soleil balaie des aires égales pendant des durées égales (voir schéma ci-après) :

si $\Delta t_1 = \Delta t_2$ alors $\mathcal{A}_1 = \mathcal{A}_2$

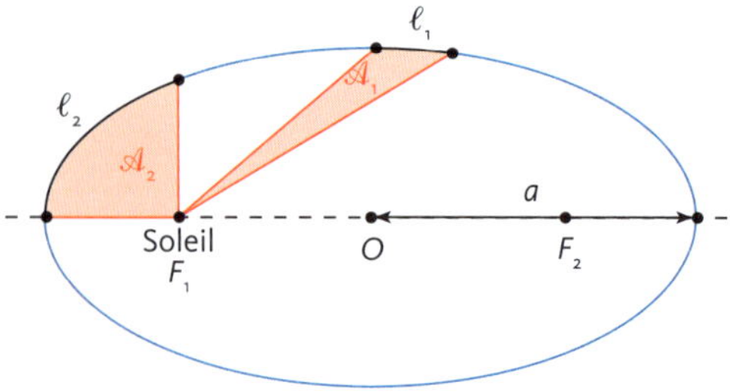

Remarque

On constate ici que pour $\Delta t_1 = \Delta t_2$, on a $\mathscr{A}_1 = \mathscr{A}_2$, mais $\ell_1 < \ell_2$. On en déduit que $v_1 = \frac{\ell_1}{\Delta t_1} < \frac{\ell_2}{\Delta t_2} = v_2$: la vitesse d'une planète est d'autant plus importante qu'elle est proche du Soleil.

- Pour une trajectoire circulaire, de rayon R, la planète parcourt un périmètre $p = 2\pi R$ en une période T. Sa vitesse de rotation est donc $v = \frac{p}{T} = \frac{2\pi R}{T}$.
- Or dans le cas d'une trajectoire circulaire uniforme, la valeur de la vitesse est constante et a pour expression : $v = \sqrt{\frac{GM}{R}}$ avec M la masse du centre attracteur ou masse du Soleil pour les planètes de notre système.
- Par identification, on a donc : $\frac{2\pi d}{T} = \sqrt{\frac{GM_T}{R}}$, soit $\frac{T^2}{R^3} = \frac{4\pi^2}{GM} = K$.
- **Troisième loi :** Le carré de la période de révolution T du centre d'une planète ou d'un satellite est proportionnel au cube du demi-grand axe a de son orbite elliptique autour du centre attracteur.

$$\frac{T^2}{a^3} = K \qquad \text{avec K constante}$$

À retenir

La constante K est la même pour toutes les planètes du système solaire.

Mémo'Quiz

1. Une aire se mesure en m². ❑ Vrai ❑ Faux
2. Dans le cas d'une trajectoire circulaire, le demi-grand axe est le rayon du cercle. ❑ Vrai ❑ Faux
3. La constante K n'a pas d'unité. ❑ Vrai ❑ Faux
4. La constante de Kepler dépend de la masse du centre attracteur. ❑ Vrai ❑ Faux

→ corrigés p. 159

Poussée d'Archimède

Lue Relue Acquise

La poussée d'Archimède est la résultante des forces pressantes exercées sur un système mécanique : elle est égale au poids du fluide qu'occupe le système et dans lequel il est immergé.

1 Origine et théorème d'Archimède

- Afin d'expliquer l'origine de la poussée d'Archimède, considérons, pour simplifier, un parallélépipède solide de volume V totalement immergé dans un fluide de masse volumique ρ. On s'intéresse aux forces pressantes $\vec{F_1}$ et $\vec{F_2}$ exercées par le fluide sur le solide, ces forces étant de même direction.

Remarque
Un liquide est un fluide considéré comme incompressible, c'est-à-dire à masse volumique constante.

- La loi fondamentale de la statique des fluides est telle que la différence de pression $P_2 - P_1$ entre les points M_1 et M_2 est :

$$P_2 - P_1 = \rho g(z_1 - z_2)$$

la variation de pression ne dépendant que de z.

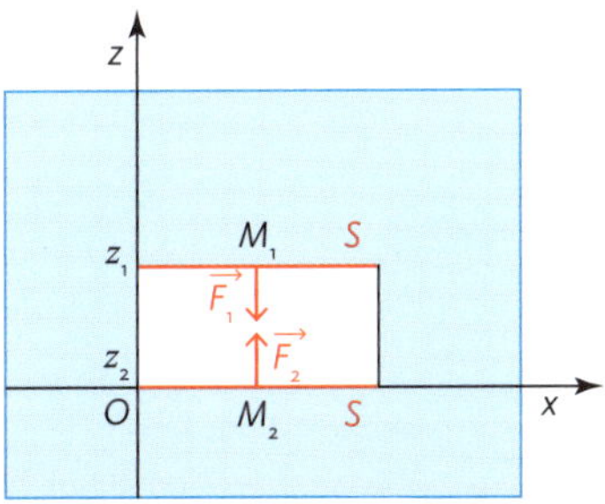

- Or, en considérant la surface S du solide parallélépipédique dans le plan (xOy), on peut expliciter la différence des valeurs des forces pressantes s'exerçant en M_1 et M_2 :

$$F_2 - F_1 = (P_2 - P_1)S = \rho g(z_1 - z_2)S = \ell gV$$

soit : $$\mathbf{F_2 - F_1 = mg}$$

avec m la masse de fluide qui pourrait être contenu dans le volume V.

- Vectoriellement, la relation établie précédemment peut s'écrire : $\sum \vec{F} = -m\vec{g}$, le signe « – » étant dû au fait que la résultante des forces pressantes exercées sur le solide $\sum \vec{F}$ est verticale vers le haut, alors que $\vec{P} = m\vec{g}$, le poids du liquide déplacé, est vertical vers le bas.
- **Théorème d'Archimède** : La résultante des forces de pression exercées sur un solide totalement immergé dans un fluide est opposée au poids du fluide déplacé.

2 Poussée d'Archimède

Rappel

Comme toutes les forces, la poussée d'Archimède s'exprime en newtons (N).

- On appelle **poussée d'Archimède**, que l'on note $\vec{\Pi}$ ou $\vec{P}_A$, la résultante des forces de pression exercées sur un système solide immergé dans un fluide.
- Les caractéristiques de la poussée d'Archimède sont données par le schéma ci-contre avec une **norme** égale au poids du fluide déplacé, soit :

$$\Pi = mg = \rho V g$$

avec m la masse du fluide déplacé (en kg), ρ sa masse volumique (en $kg \cdot m^{-3}$), V le volume du système (en m^3) et g l'intensité de pesanteur (en $N \cdot kg^{-1}$).

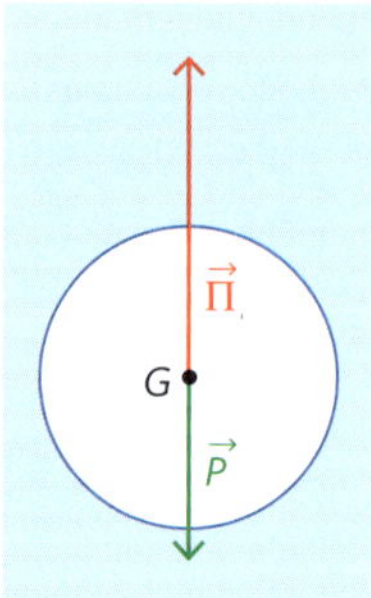

Mémo'Quiz

1. $\vec{\Pi}$ d'un système mécanique dans l'air est égale au poids du volume de l'air correspondant au volume du système.
   ❑ Vrai ❑ Faux
2. $\vec{\Pi}$ existe dans l'air, mais elle est très souvent négligeable devant le poids du système étudié.
   ❑ Vrai ❑ Faux
3. $\vec{\Pi}$ est un vecteur vertical vers le bas, car c'est un poids de fluide.
   ❑ Vrai ❑ Faux
4. $\vec{\Pi}$ étant l'équivalent d'un poids, elle peut s'exprimer en kg.
   ❑ Vrai ❑ Faux

→ corrigés p. 159

Écoulement d'un fluide en régime permanent

48

Lue Relue Acquise

Un fluide incompressible en régime permanent est un liquide et dans une certaine approximation, un gaz, dont la masse volumique n'évolue pas au cours du temps. Dans ce cas, la conservation du débit volumique permet de déterminer la vitesse de l'écoulement.

1 Fluide incompressible en régime permanent

- Un fluide **incompressible** est un fluide dont la **masse volumique ρ est constante**, c'est-à-dire indépendante de la pression *P* et de la température *T*.
- Un gaz est un fluide incompressible lorsque les **variations relatives de pression sont assez faibles** et donc que sa masse volumique ρ est constante.

À retenir

Un liquide peut, avec une bonne approximation, être considéré comme un fluide incompressible.

2 Débit volumique d'un fluide incompressible

- Le débit volumique d'un fluide, noté *D*, est le volume de fluide traversant une section de tuyau de surface *S* par unité de temps.

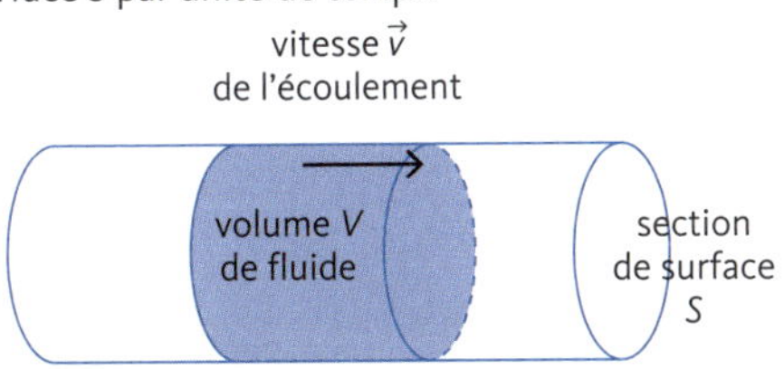

À retenir

On appelle régime permanent, un régime dont les grandeurs physiques caractéristiques sont indépendantes du temps.

- En régime permanent, le débit volumique *D* (en $m^3 \cdot s^{-1}$) d'un fluide est :

$$D = \frac{V}{\Delta t}$$ avec *V* (en m^3) : volume du fluide traversant la section de surface *S* pendant la durée Δt (en s).

Comme $L = v\Delta t$ et $V = Sv\Delta t$, on peut montrer que :

$$D = Sv$$ avec *S* : surface de la section de tuyau (en m^2), *v* : vitesse constante de l'écoulement (en $m \cdot s^{-1}$).

3 Conservation du débit volumique

- Le fluide étant incompressible, le volume de fluide entrant pendant une durée donnée est égal au volume sortant pendant la même durée.

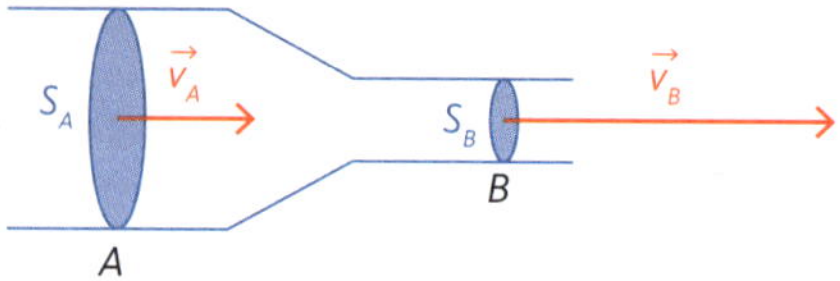

Bien comprendre

Il y a ainsi conservation du débit volumique d'un fluide incompressible.

- Soit un tuyau de section d'entrée de surface S_A et de section de sortie de surface S_B, les vitesses du fluide étant respectivement $\vec{v}_A$ et $\vec{v}_B$.
- La conservation du débit volumique du fluide supposé incompressible est alors telle que :

$$S_A v_A = S_B v_B$$

avec $\begin{cases} S_A \text{ et } S_B : \text{la surface des sections de tuyau en } A \text{ et } B \text{ (en m}^2\text{)}, \\ v_A \text{ et } v_B : \text{la vitesse constante de l'écoulement en } A \text{ et } B \text{ (en m·s}^{-1}\text{)}. \end{cases}$

- Connaissant les valeurs des surfaces S_A et S_B et l'une des deux vitesses d'écoulement, par exemple v_A, on peut en déduire la vitesse v_B en B.

Mémo'Quiz

1. Un fluide incompressible a une pression constante en tout point du fluide. ❑ Vrai ❑ Faux

2. La vitesse est liée au débit D : $v = \frac{D}{S}$ avec S la surface de section. ❑ Vrai ❑ Faux

3. Un régime permanent suppose un fluide identique en tout point de l'espace. ❑ Vrai ❑ Faux

4. $D = \frac{v}{\Delta t}$ avec v la vitesse du fluide. ❑ Vrai ❑ Faux

→ corrigés p. 159

Relation de Bernoulli

49

Lue Relue Acquise

La conservation de l'énergie totale d'un fluide incompressible en régime stationnaire entre deux points d'une ligne de courant se traduit par la relation de Bernoulli.

1 Conservation de l'énergie sur une ligne de courant

- On considère un fluide incompressible en régime stationnaire. On s'intéresse à un volume V de fluide de masse volumique ρ constante entre deux points de l'écoulement. La figure ci-dessous récapitule les notations utilisées.

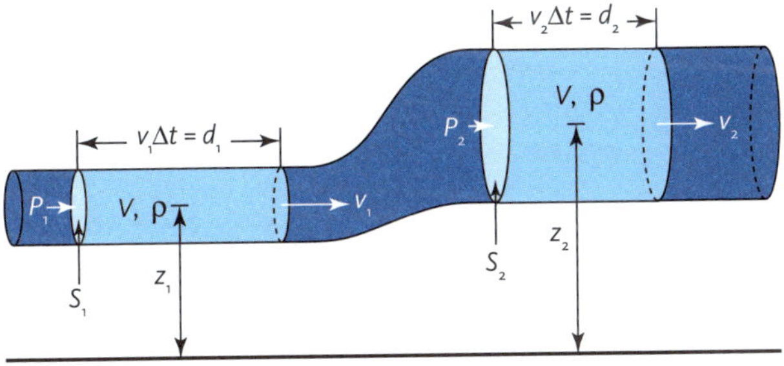

- On appelle **ligne de courant**, une ligne tangente au vecteur vitesse.
- Dans le cas qui nous intéresse, le système étant fermé entre les deux sections de surface S_1 et S_2, **l'énergie totale *E* du fluide se conserve**. Cette dernière est la somme de trois types d'énergie :
  - le **travail des forces pressantes** W le long du déplacement $d = v\Delta t$;
  - **l'énergie potentielle de pesanteur** : $E_{pp} = mgz$ avec m la masse de fluide du cylindre de volume V ;
  - **l'énergie cinétique** : $E_c = \frac{1}{2}mv^2$ avec v la vitesse du fluide.
- On peut écrire le travail des forces pressantes : $W = Fd$ avec F la force pressante exercée sur la surface S de fluide, ou encore $F = PS$ avec P la pression exercée sur cette surface S.

On en déduit alors $W = PSv\Delta t = PV$ avec V le volume de fluide considéré. En introduisant la masse volumique constante ρ du fluide, on a finalement :

$$W = P \times \frac{m}{\rho}$$

- Le bilan énergétique entre les deux points considérés de l'écoulement s'écrit alors :

$$E_1 = W_1 + E_{pp1} + E_{c1} = W_2 + E_{pp2} + E_{c2} = E_2$$

ou, en remplaçant par les expressions littérales de W et E_c :

$$P_1 + \rho g z_1 + \frac{1}{2}\rho v_1^2 = P_2 + \rho g z_2 + \frac{1}{2}\rho v_2^2$$

Remarque

Cette dernière relation est appelée relation de Bernoulli et traduit la conservation de l'énergie.

2 Relation de Bernoulli

- Pour un fluide incompressible en régime permanent, l'énergie se conserve sur une ligne de courant :

$$P + \rho g z + \frac{1}{2}\rho v^2 = \text{constante}$$ avec

- P : pression (en Pa),
- ρ : masse volumique du fluide (en $kg{\cdot}m^{-3}$),
- z : altitude (en m),
- v : vitesse (en $m{\cdot}s^{-1}$),
- g : intensité de pesanteur (en $N{\cdot}m^{-1}$).

- Le terme $P + \rho g z$, souvent noté P^*, est appelé **pression statique**.
- Le terme $\frac{1}{2}\rho v^2$ dû au mouvement du fluide est la **pression dynamique**.

Mémo'Quiz

1. Un étranglement dans une tuyère ralentit le fluide qui s'y écoule.
❑ Vrai ❑ Faux

2. La relation de Bernoulli traduit la conservation de l'énergie le long d'une ligne de courant pour un fluide incompressible en régime permanent.
❑ Vrai ❑ Faux

3. La relation de Bernoulli dépend de la nature du fluide.
❑ Vrai ❑ Faux

4. La relation de Bernoulli exprime que la somme des pressions statique et dynamique se conserve dans certaines conditions.
❑ Vrai ❑ Faux

→ corrigés p. 159

Effet Venturi

50

Lue Relue Acquise

Un rétrécissement dans une conduite provoque une dépression locale avec une accélération de l'écoulement du fluide. Cet effet est connu sous le nom d'effet Venturi.

1 Conservation du débit et relation de Bernoulli

- Considérons une conduite avec un rétrécissement au point B :

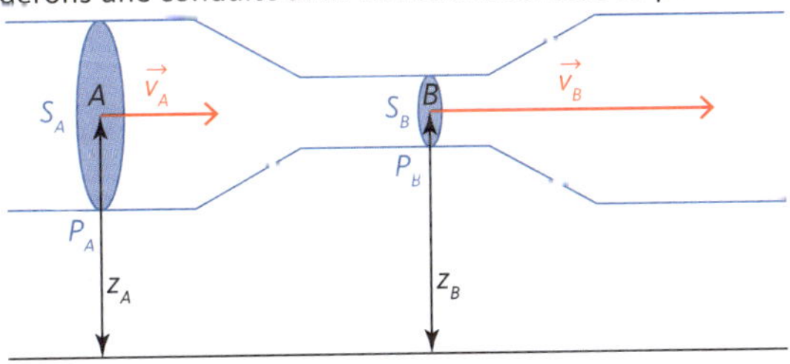

Les points **A et B sont situés à la même hauteur** de référence. On notera S_A et S_B les surfaces des sections de conduite en A et B. Soit P_A et P_B les pressions et v_A et v_B les vitesses d'écoulement en A et B.

- En régime permanent, le fluide étant incompressible, on peut écrire la **conservation du débit volumique** entre les points A et B :

$$D = S_A v_A = S_B v_B$$

Or si $S_A > S_B$ alors $v_B > v_A$ donc la vitesse de l'écoulement augmente lorsque le fluide s'écoule de A vers B. On en conclut qu'un **rétrécissement dans une conduite provoque une augmentation de la vitesse**. Inversement, un élargissement permet une diminution de la vitesse du fluide.

- On applique la **relation de Bernoulli** entre les points A et B au fluide incompressible de masse volumique ρ dans un écoulement permanent :

$$P_A + \rho g z_A + \frac{1}{2}\rho v_A^2 = P_B + \rho g z_B + \frac{1}{2}\rho v_B^2$$

Dans le cas présent, la conduite étant horizontale et $z_A = z_B$, on a :

$$P_A + \frac{1}{2}\rho v_A^2 = P_B + \frac{1}{2}\rho v_B^2, \text{ soit } P_A - P_B = \frac{1}{2}\rho(v_B^2 - v_A^2)$$

Or les vitesses en A et B sont telles que $v_B > v_A$ d'où $v_B^2 > v_A^2$, et ainsi $v_B^2 - v_A^2 > 0$.

On en déduit alors que : $P_A - P_B = \frac{1}{2}\rho(v_B^2 - v_A^2) > 0$ et $P_A > P_B$.

On en conclut qu'**un rétrécissement dans une conduite provoque une diminution de la pression**.

2 Effet Venturi et applications

- **Effet Venturi** : un rétrécissement dans une conduite provoque une dépression locale avec une accélération de l'écoulement du fluide. Inversement, un élargissement crée une surpression avec ralentissement de l'écoulement.

- Les applications de l'effet Venturi sont nombreuses. Elles permettent soit l'**accélération de l'écoulement du fluide**, soit une **variation locale de pression.**

- Un goulot d'étranglement à la sortie des gaz d'échappement des tuyères des moteurs à réaction permet, par effet Venturi, d'accélérer les gaz de sortie et par là même, d'augmenter la poussée.

- L'effet Venturi est utilisé par exemple : dans une pompe à vide de laboratoire de chimie branchée sur robinet, dans un mélangeur comme celui des lances à mousse des sapeurs-pompiers (un des deux liquides est en dépression afin d'aspirer l'autre liquide pour effectuer efficacement le mélange), dans le carburateur d'un moteur, dans un appareil pour mesurer le débit volumique par aspiration.

À retenir

Un étranglement dans un écoulement permet aussi par effet Venturi de créer une dépression et donc une aspiration du fluide.

Mémo'Quiz

1. L'effet Venturi tient compte de la conservation du débit volumique et de la relation de Bernoulli. ❑ Vrai ❑ Faux
2. L'effet Venturi permet une augmentation du débit volumique par rétrécissement. ❑ Vrai ❑ Faux
3. L'effet Venturi montre qu'un rétrécissement dans une conduite provoque des modifications de pression et de vitesse de l'écoulement. ❑ Vrai ❑ Faux
4. L'effet Venturi permet d'augmenter la pression par rétrécissement. ❑ Vrai ❑ Faux

➜ corrigés p. 159

Modèle du gaz parfait (GP)

51

Lue Relue Acquise

Un gaz parfait (GP) est le plus simple des modèles afin de décrire le comportement d'un gaz.

1 Gaz réel et gaz parfait

Remarque
La masse volumique d'un gaz est est très faible en comparaison de celle de l'état solide ou liquide, et dépend des conditions de pression et de température.

- Un gaz est un état de la matière. La masse volumique d'un gaz correspond à la masse de l'ensemble des particules qui le constituent par unité de volume.
- Les molécules – ou atomes pour les gaz rares – qui constituent un gaz sont : **faiblement dépendantes** les unes des autres ; situées à de **grandes distances** de leurs voisines au regard de leurs propres dimensions ; en **perpétuelle agitation** les unes par rapport aux autres dans un mouvement désordonné et sujettes à des **collisions non élastiques** entre elles ou avec les autres entités constituant les parois du volume qui les contient.
- On définit un modèle de gaz idéal dans lequel les molécules :
  - sont des sphères **rigides** et **indépendantes** les unes des autres ;
  - occupent un volume important au regard de leurs propres dimensions et sont donc relativement **éloignées** les unes des autres ;
  - subissent des **chocs élastiques** lors de leur déplacement désordonné.

2 Marche au hasard

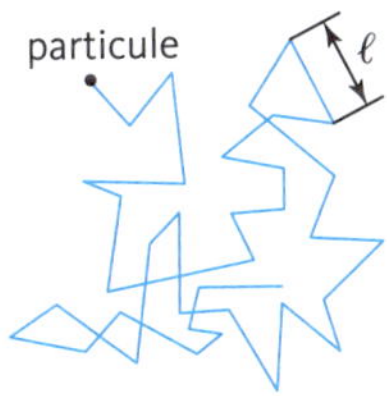

- Une particule de gaz parfait est animée d'un mouvement désordonné : les trajectoires sont des **portions de lignes droites** dont les **directions changent au moment des collisions élastiques**. Les vitesses des particules du gaz sont quelconques.
- Le mouvement d'une particule est appelé « marche au hasard ».
- La distance moyenne parcourue par une particule de gaz entre deux collisions est appelée **libre parcours moyen**. On le note ℓ et il s'exprime en mètres (m).

3 Agitation thermique et température, collisions et pression

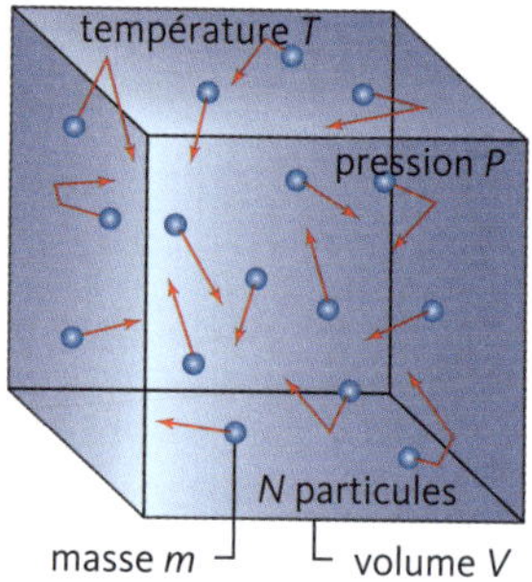

- Le mouvement des particules d'un gaz parfait pourrait être décrit microscopiquement par l'ensemble des positions et des vitesses des particules. Cependant, le traitement de cet ensemble de données est gigantesque !
- On définit alors une vitesse moyenne des particules de gaz et ainsi une énergie cinétique moyenne. En thermodynamique, on associe à cette grandeur microscopique la grandeur macroscopique qu'est la température absolue T du gaz (en K) : **la température d'un gaz est d'autant plus importante que son énergie cinétique est grande**, c'est-à-dire que l'agitation thermique du gaz est importante.
- De même, on associe à la force pressante moyenne due aux différentes collisions des particules entre elles ou sur les parois, la grandeur macroscopique qu'est la pression P du gaz : **la pression est d'autant plus importante que le nombre de collisions est grand**.

À retenir

La pression P et la température T d'un gaz parfait ne sont pas indépendantes. P est d'autant plus grande que T est grande.

Mémo'Quiz

1. Un gaz parfait est un gaz rare. ❑ Vrai ❑ Faux
2. La température est la grandeur macroscopique liée à l'agitation des molécules de gaz. ❑ Vrai ❑ Faux
3. La pression interne est l'image des collisions du gaz sur la paroi du récipient qui le contient. ❑ Vrai ❑ Faux
4. Une particule de gaz a une trajectoire en marche au hasard. ❑ Vrai ❑ Faux

→ corrigés p. 159

Équation du gaz parfait

52

Lue Relue Acquise

L'équation du gaz parfait met en évidence l'interdépendance entre la pression, la température, la quantité de matière et le volume du gaz parfait. Elle permet cependant d'avoir une idée relativement juste du comportement d'un gaz réel.

1 Dépendance des grandeurs macroscopiques : équation d'état

- Dans un corps pur sous une phase, ici la phase gazeuse, il existe une relation entre les grandeurs macroscopiques (paramètres d'état que sont la pression P, le volume V et la température T du corps) appelée **équation d'état**, soit $f(P, V, T) = 0$.

Remarque

Les grandeurs macroscopiques sont liées entre elles par l'équation d'état, elles ne sont donc pas indépendantes.

- **Équation d'état du gaz parfait (GP)** :

$\boldsymbol{PV = nRT}$ avec
- P : pression (en Pa),
- V : volume (en m^3),
- n : quantité de matière (en mol),
- T : température du gaz parfait (en K) : $T(K) = \theta(°C) + 273,15$,
- R : **constante des gaz parfaits** (R = 8,314 dans les unités du système international, soit en $Pa \cdot m^3 \cdot mol^{-1} \cdot K^{-1}$).

2 Comportement d'un gaz

- L'équation d'état du gaz parfait permet de décrire les comportements de ce gaz idéal. Cependant, ces derniers sont aussi ceux qui peuvent être observés pour les gaz réels, dans des conditions de **faible pression et de faible densité.**

- Les grandeurs macroscopiques étant dépendantes les unes des autres, le comportement d'un gaz est tel que :

  – à pression et quantité de matière constantes, $V = k_1T$ avec k_1 une constante : le volume V du gaz augmente proportionnellement à la température T. Cette loi porte le nom de **loi de Gay-Lussac** ;

  – à volume et quantité de matière constants, $P = k_2T$ avec k_2 une constante : l'augmentation de la pression agite les molécules, ce qui fait augmenter la température. La **pression varie proportionnellement à la température** ;

– à température et quantité de matière constantes, $PV = k_3$ avec k_3 une constante : la pression P augmente si le volume V diminue, la pression est inversement proportionnelle au volume. C'est la **loi de Boyle-Mariotte** ;

– à pression et température constantes, $V = k_4 n$ avec k_4 une constante : le volume augmente proportionnellement à la quantité de matière, c'est la **loi d'Avogadro**.

Remarque

Étudier le comportement d'un gaz consiste à expliciter la variation d'un paramètre d'état en fonction d'un second, les autres restant constants.

● Dans le cas d'un gaz réel, les comportements observés restent valables, mais les lois de proportionnalité ne sont pas forcément exactes.

3 Limites du modèle du gaz parfait

● Pour expliquer le comportement des gaz réels, il faut prendre en compte le volume des molécules et les **forces intermoléculaires ou forces de Van Der Waals** qui s'exercent entre les molécules du gaz (ces interactions sont d'autant plus fortes que le gaz est dense).

● L'équation de Van Der Waals, tout en restant une équation d'état simplifiée, prend en compte ces limites. On introduit un terme $\frac{an^2}{V^2}$ **d'interaction** (homogène à une pression en Pa) et un **terme *nb* appelé co-volume** (en m^3), provenant du volume non nul des molécules, avec a et b des constantes dimensionnées.

Équation de Van Der Waals : $\left(P + \frac{an^2}{V^2}\right)(V - nb) = nRT$.

Mémo'Quiz

1. Le modèle du gaz parfait est le modèle le plus simple : il ne prend pas en compte le volume des particules, ni les interactions entre elles. ❑ Vrai ❑ Faux
2. Le comportement du gaz parfait est régi par la loi de Boyle Mariotte à pression et volume constants. ❑ Vrai ❑ Faux
3. L'équation du gaz parfait est la loi d'Avogadro à quantité de matière et volume variables. ❑ Vrai ❑ Faux
4. Le gaz parfait est un cas particulier du gaz de Van Der Waals. ❑ Vrai ❑ Faux

→ corrigés p. 159

Énergie interne

53

Lue Relue Acquise

Dans le cas d'un système soumis à des forces dissipatives comme les frottements, l'énergie mécanique E_m du système ne se conserve pas : sa variation est égale au travail de ces forces sur le temps d'observation. On définit l'énergie interne U telle que, dans le cas d'un système fermé et isolé, la somme $E_m + U$ se conserve.

1 Pendule pesant dans une enceinte fermée

- On considère un pendule pesant, constitué d'une masse m suspendue à un fil inélastique, dans une enceinte remplie d'air à faible pression.

Le système considéré est l'ensemble {pendule + air}.

L'enceinte est isolée thermiquement, c'est-à-dire qu'il n'y a pas de transfert thermique entre l'enceinte et l'extérieur, et fermée, c'est-à-dire qu'elle n'échange pas de matière avec le milieu extérieur.

- L'état initial correspond à l'état dans lequel le pendule fait un angle non nul avec la verticale du lieu. Le pendule est alors lâché **sans vitesse initiale** et oscille pendant un certain temps jusqu'à **retrouver sa position d'équilibre**. L'état final est donc l'état pour lequel le pendule est en **position verticale et statique**.

La variation d'énergie mécanique du système $E_{mf} - E_{mi}$ est égale au travail W_f des forces dissipatives que sont les frottements.

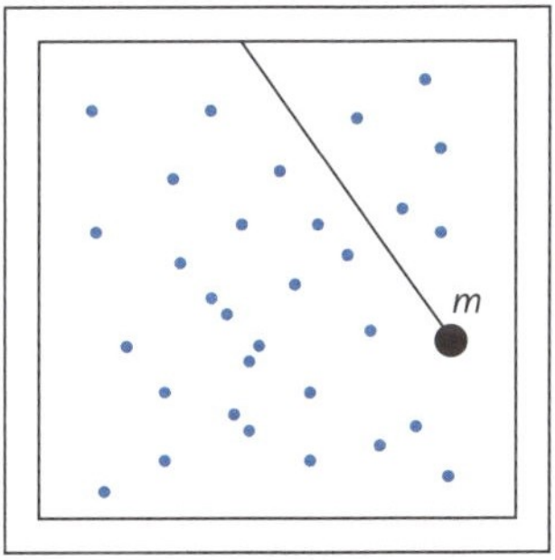

État initial

- Si l'on mesure la température initiale puis finale dans l'enceinte, on observe que celle-ci a augmenté : il y a donc **conversion de l'énergie mécanique du pendule en énergie cinétique** des molécules contenues dans l'air.

2 Énergie interne et bilan énergétique

- De manière générale, on définit **l'énergie interne d'un système, notée U,** comme la somme des énergies cinétiques et potentielles d'interaction des différents constituants internes au système. L'énergie interne est alors la somme des énergies cinétiques et potentielles microscopiques :

$$U = E_{\text{c micro}} + E_{\text{p micro}} = \sum E_{\text{c int}} + \sum E_{\text{p int}}$$

- L'énergie interne U :
  - est une **grandeur algébrique** : elle peut donc être négative, nulle ou positive ;
  - est une **grandeur extensive** : l'énergie interne U d'un système S, union de deux systèmes S_1 et S_2, est égale à la somme des énergies internes U_1 et U_2 des systèmes S_1 et S_2, soit $\boldsymbol{U = U_1 + U_2}$.

À retenir

U s'exprime en joules (J) comme toutes les énergies.

- Si l'on reprend le cas précédent du système {pendule + air} dans une enceinte fermée et isolée, le bilan énergétique s'écrit :

$$\Delta E_m = E_{mf} - E_{mi} = W_f = \sum E_{\text{c int}} = \Delta U$$

avec, dans ce cas, une énergie interne réduite au terme d'énergie cinétique microscopique.

- Ainsi, la somme de l'énergie mécanique et de l'énergie interne d'un **système isolé et fermé** se conserve :

$$\boldsymbol{E_m + U = \text{constante}}$$

Mémo'Quiz

1. L'énergie mécanique n'est pas toujours constante. ❑ Vrai ❑ Faux
2. La variation d'énergie mécanique d'un système est égale au travail des forces conservatives. ❑ Vrai ❑ Faux
3. L'énergie interne est additive. ❑ Vrai ❑ Faux
4. Le terme E_m fait référence à des énergies macroscopiques, alors que U fait référence à des énergies microscopiques. ❑ Vrai ❑ Faux

→ corrigés p. 159

Premier principe de la thermodynamique

54

Lue Relue Acquise

Le premier principe de la thermodynamique exprime la variation d'énergie interne comme une somme de travail et de transfert thermique.

1 Transferts d'énergie

● Considérons une certaine quantité n d'air enfermée dans une enceinte de volume V variable contrôlé par un piston. L'enceinte est supposée **sans échange de matière** avec l'extérieur ; le système {air} est donc un système fermé.

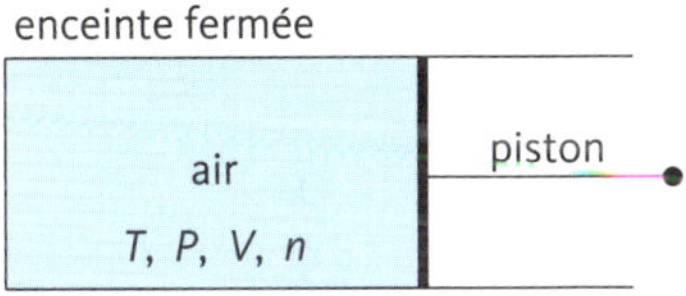

● **Expérience 1** : On déplace le piston afin de réduire le volume de gaz. Lors du déplacement du piston :

- il y a transfert d'énergie aux molécules de fluide. Ce transfert est dû au travail W des forces pressantes ;
- on constate que la température T du fluide augmente : l'agitation thermique est donc plus importante et l'énergie interne U du système augmente.

De plus, la variation d'énergie mécanique E_m est nulle puisque le système {air} ne s'est pas déplacé (l'énergie cinétique macroscopique est nulle) et qu'il n'y a pas eu de variation d'énergie potentielle macroscopique.

Le bilan énergétique du système s'écrit : $\Delta E_m + \Delta U = \boldsymbol{\Delta U = W}$.

● **Expérience 2** : On bloque le piston et on place l'enceinte dans une température T' plus importante que la température T initiale. À l'équilibre, la température du gaz est égale à T'. On constate ainsi que :

- l'énergie mécanique du système {air} n'a pas varié ;
- l'énergie thermique de l'air augmente, ce qui se traduit par une augmentation de l'énergie cinétique microscopique des molécules du gaz.

Le système {air} a donc reçu du milieu extérieur de l'énergie. Ce transfert thermique est noté Q.

Le bilan énergétique du système s'écrit : $\Delta E_m + \Delta U = \boldsymbol{\Delta U = Q}$.

● Il existe deux formes de transferts énergétiques : le travail, noté W, et le transfert thermique aussi appelé par abus de langage « chaleur », noté Q. Les quantités W et Q, exprimées en joules (J), sont algébriques.

● **Convention du « banquier »** : un transfert d'énergie est compté positivement s'il est cédé par le milieu extérieur au système et négativement dans le cas contraire, lorsqu'il « sort » du système.

2 Énoncé du premier principe de la thermodynamique

● **Énoncé du premier principe** : Un système évoluant entre deux états et recevant algébriquement un transfert énergétique sous forme de travail W et de transfert thermique Q possède une énergie totale $E_m + U$ dont la variation entre les deux états est égale à la somme $W + Q$:

$$\Delta E = \Delta E_m + \Delta U = W + Q$$

● Le plus souvent, la variation d'énergie mécanique du système est nulle, et le premier principe de la thermodynamique se résume à : $\Delta U = W + Q$.

● Le premier principe de la thermodynamique a historiquement porté le nom de « principe d'équivalence ». En effet, il fait apparaître les deux types de transferts énergétiques W et Q de manière équivalente.

Remarque
On retrouve ainsi la conservation de l'énergie d'un système fermé et isolé : $E = E_m + U$ est constante.

● Pour un système tel que $W = 0$ et $Q = 0$, la relation mathématique du premier principe se réduit à : $\Delta E = \Delta E_m + \Delta U = W + Q = 0$.

Mémo'Quiz

1. Le travail reçu par un système est négatif. ❑ Vrai ❑ Faux
2. La variation d'énergie totale d'un système se traduit par un échange de travail et/ou de transfert thermique avec l'extérieur. ❑ Vrai ❑ Faux
3. Un système immobile a une énergie totale constante. ❑ Vrai ❑ Faux
4. Q est une énergie, elle s'exprime en joules comme le travail W ou l'énergie interne U. ❑ Vrai ❑ Faux

→ corrigés p. 159

Capacité thermique

55

Lue Relue Acquise

La capacité thermique d'un fluide est l'énergie nécessaire pour élever la température du fluide de 1 K. Elle peut être molaire ou massique.

1 Capacité thermique molaire

- Soit un système constitué de n particules de fluide incompressible de volume V à pression P. Lors d'une variation de température $\Delta T = T_F - T_I$, le système évolue entre un état initial (EI) et un état final (EF) : il **échange de l'énergie avec le milieu extérieur**.
- Le transfert énergétique est un transfert thermique Q qui est :
  - **proportionnel à la quantité de matière *n*** de fluide ;
  - **proportionnel à la variation ΔT de température**.
- De manière générale, le **transfert thermique** Q (en J) est :

$$Q = nC\Delta T$$

avec
- n : quantité du corps considéré (en mol),
- C : capacité thermique molaire (en $J{\cdot}K^{-1}{\cdot}mol^{-1}$),
- ΔT : variation de température (en K).

Remarque

De manière générale, le produit de la capacité thermique molaire par la quantité de matière de fluide est appelé capacité thermique du fluide. Elle se note aussi avec la lettre C, mais s'exprime en $J{\cdot}K^{-1}$.

- Le coefficient de proportionnalité C est appelé **capacité thermique molaire ou chaleur spécifique molaire**.
- La **capacité thermique molaire** C d'un corps est l'énergie nécessaire pour élever $n = 1$ mole de ce corps de $\Delta T = 1$ K à pression donnée.

2 Capacité thermique massique

- On exprime aussi le transfert thermique en fonction de la masse m de fluide incompressible dans l'enceinte :

$$Q = nC\Delta T \times \frac{M}{M} = m\frac{C}{M}\Delta T$$

avec $m = n \times M$ et M la masse molaire du fluide.

Il apparaît alors un nouveau coefficient de proportionnalité $\frac{C}{M}$ **ou capacité thermique massique.**

- Malheureusement, les thermodynamiciens utilisent la même lettre C pour des grandeurs différentes que sont les capacités thermiques et les capacités thermiques molaire et massique. La différence se fait sur **l'unité de *C***. La capacité thermique massique s'exprime en $J \cdot K^{-1} \cdot g^{-1}$, alors que la capacité thermique molaire s'exprime en $J \cdot K^{-1} \cdot mol^{-1}$.
- En utilisant la capacité thermique massique, le **transfert thermique** Q (en J) est :

$$\boldsymbol{Q = mC\Delta T} \text{ avec } \begin{cases} m : \text{masse du corps considéré (en g),} \\ C : \text{capacité thermique molaire (en } J \cdot K^{-1} \cdot g^{-1}\text{),} \\ \Delta T : \text{variation de température (en K).} \end{cases}$$

- La **capacité thermique massique** C d'un corps est l'énergie nécessaire pour élever $m = 1$ g de ce corps de $\Delta T = 1$ K à pression donnée.

3 Application

- Dans le cas d'un corps qui subit une variation ΔT de température, sans travail, le premier principe de la thermodynamique s'écrit :

$\boldsymbol{\Delta U = Q = nC\Delta T}$ si C est la capacité thermique molaire

ou $\boldsymbol{\Delta U = Q = mC\Delta T}$ si C est la capacité thermique massique

- La variation d'énergie interne **ne dépend que de la variation de température** et de la **quantité ou masse du corps.**

Mémo'Quiz

1. **À pression donnée, la variation d'énergie interne est proportionnelle à la variation de température subie par le système.**
❑ Vrai ❑ Faux

2. **La variation de température ΔT est la même, que la température soit exprimée en °C ou en K.** ❑ Vrai ❑ Faux

3. **Les capacités thermiques sont toutes désignées par le même symbole *C*. La reconnaissance de leur nature se fait sur leur unité.**
❑ Vrai ❑ Faux

4. **La capacité thermique ne dépend pas de l'état du corps.**
❑ Vrai ❑ Faux

→ corrigés p. 159

Modes de transfert thermique 56

Lue Relue Acquise

Il existe plusieurs modes de transfert thermique : la conduction ou diffusion de proche en proche, la convection nécessitant un mouvement du fluide et le rayonnement.

1 Conduction thermique ou diffusion

- La **conduction** ou **diffusion** est un mode de transfert thermique pouvant avoir lieu entre deux systèmes immobiles S_1 et S_2 : le mouvement d'agitation thermique microscopique des molécules se transmet de proche en proche et se traduit macroscopiquement par un transfert de chaleur de S_1 vers S_2, ou inversement.

  Exemple : un glaçon dans un verre d'eau fond par transfert thermique de l'eau liquide vers le solide.

- Les autres modes de transfert, convection et rayonnement, peuvent **se superposer à la conduction** en fonction des systèmes d'étude.

Remarque

Le mode de transfert par conduction est le seul ayant lieu dans les systèmes solides opaques au rayonnement électromagnétique.

2 Convection

- Ce type de transfert nécessite un intermédiaire, appelé **fluide caloporteur**. Au contact d'un solide « plus chaud » par exemple, le fluide caloporteur reçoit de la chaleur qu'il transporte vers un endroit « plus froid ».
- Une convection fait donc appel aux **mouvements macroscopiques** d'un fluide pour effectuer le transfert thermique. Ces mouvements peuvent être créés par des différences de masse volumique du fluide (convection libre ou naturelle) ou par des moyens mécaniques (convection forcée).
- Ce mode de transfert est le plus important et le plus **rapide** entre une surface solide et un gaz ou un liquide : le fluide en contact avec le solide chaud reçoit de la chaleur, ce qui fait augmenter son énergie interne et sa température. Ces molécules de fluide vont ensuite se mélanger à d'autres molécules moins agitées, situées dans une région de plus faible température (mouvement macroscopique du fluide) et leur transférer leur excédent d'énergie.

Exemple : la circulation d'air lorsque l'on chauffe une pièce à l'aide d'un chauffage (convecteurs électriques créant des mouvements de convection forcée).

● La convection s'accompagne d'un transfert de type conduction entre le fluide et le solide (première étape du transfert) : on parle souvent de **transferts conducto-convectifs**.

Remarque
La plupart du temps, les phénomènes convectifs masquent les phénomènes de conduction.

3 Rayonnement

● Le rayonnement est le troisième mode de transfert thermique entre deux systèmes séparés par du vide ou de la matière transparente à ce rayonnement électromagnétique.

Exemple : l'exemple le plus évident est peut-être celui du transfert thermique par rayonnement solaire lorsque la Terre est réchauffée par les rayons électromagnétiques émis par le Soleil.

Les trois modes de transferts thermiques

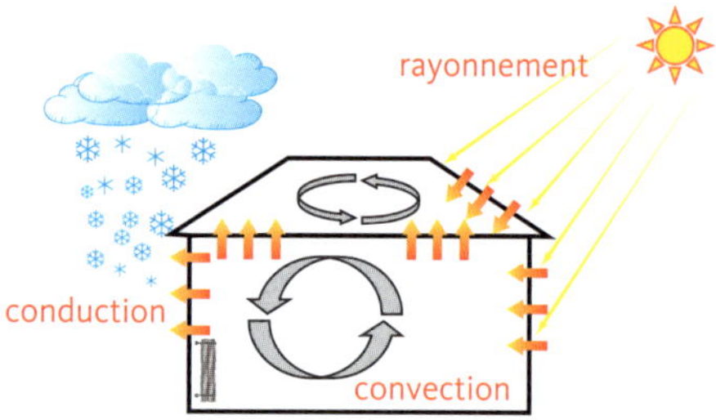

Mémo'Quiz

1. La diffusion est un mode de transfert thermique par mouvement macroscopique des masses de fluide. ❑ Vrai ❑ Faux
2. L'énergie radiative est l'énergie transférée par rayonnement. ❑ Vrai ❑ Faux
3. Dans une habitation, la mauvaise isolation des murs ou de la toiture améliore les transferts par conduction. ❑ Vrai ❑ Faux
4. Un radiateur est le lieu d'un seul transfert par convection. ❑ Vrai ❑ Faux

→ corrigés p. 159

Flux et résistance thermiques

57

Lue Relue Acquise

Par analogie avec les grandeurs électriques et la loi d'Ohm, on peut définir les grandeurs de la conduction thermique et établir ses lois de fonctionnement.

1 Flux thermique ϕ et conductivité thermique λ

- Le **flux thermique ϕ** à travers une paroi plane de surface S est la quantité de chaleur traversant S par unité de temps. ϕ s'exprime en watts (W).

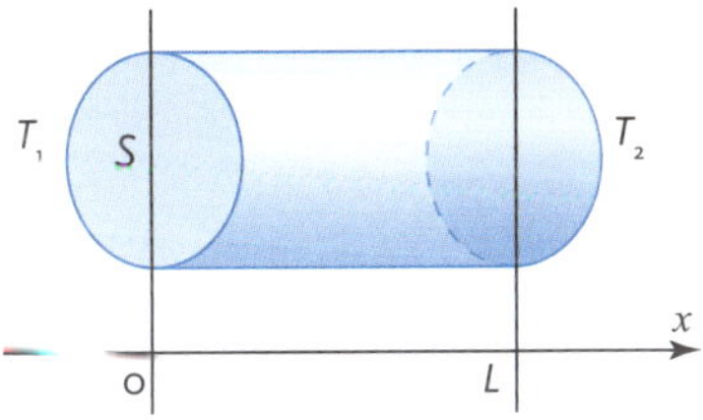

- Considérons une barre cylindrique de section S et de longueur L dont les températures extrêmes T_1 et T_2 sont fixées ($T_1 > T_2$).

Le profil du champ de température à l'intérieur de la barre est :

$$T(x) = \frac{T_2 - T_1}{L}x + T_1$$

- Le **flux thermique conductif** à travers toute section S de la barre est alors proportionnel à la différence des températures :

$$\phi = \lambda \frac{T_1 - T_2}{L} S \quad \text{avec} \begin{cases} T_1 \text{ et } T_2 : \text{températures extrêmes (en K),} \\ L : \text{longueur de la barre (en m),} \\ S : \text{surface de la section (en m}^2\text{),} \\ \lambda : \text{conductivité thermique du} \\ \text{matériau (en W} \cdot \text{m}^{-1} \cdot \text{K}^{-1}\text{).} \end{cases}$$

2 Résistance thermique R

- On associe au cylindre précédent une **résistance thermique** notée R, s'exprimant en $K \cdot W^{-1}$, telle que :

$$R = \frac{T_1 - T_2}{\phi} = \frac{L}{\lambda S} \quad \text{avec} \begin{cases} \phi : \text{flux thermique (en W),} \\ L : \text{longueur de la barre (en m).} \end{cases}$$

- Il est possible de raisonner par analogie avec l'électricité.

Électrique	Thermique
Potentiel électrique V (en V)	Température T (en K)
Tension U (en V)	Variation de température ΔT (en K)
Intensité du courant I (en A)	Flux thermique ϕ (en W)
Résistance électrique R (en Ω)	Résistance thermique R (en $K \cdot W^{-1}$)
Conductance électrique G (en S)	Conductance thermique G (en $W \cdot K^{-1}$)
Loi d'Ohm $U = RI$ ou $I = GU$	$\Delta T = R\phi$ ou $\phi = G\Delta T$

- En utilisant la même analogie électrique, on peut en déduire les lois d'association de résistances thermiques :

  – si deux conducteurs sont traversés par le **même flux thermique**, la résistance de l'ensemble est la **somme des résistances thermiques** (conducteurs en série) ;

  – si deux conducteurs sont soumis à la **même différence de température**, la résistance de l'ensemble est l'**inverse de la somme des conductances thermiques** (conducteurs en parallèles).

- La **conductance thermique** G (en $W \cdot K^{-1}$) est l'inverse de la résistance.

3 Un phénomène irréversible

- Les transferts thermiques se font spontanément de la source chaude vers la source froide, l'inverse étant impossible. Le phénomène de diffusion est donc **irréversible** : il n'évolue que dans un sens.

Mémo'Quiz

1. **La résistance thermique est proportionnelle à sa section S.**
❑ Vrai ❑ Faux

2. **La température est l'analogue thermique de l'intensité du courant en électricité.**
❑ Vrai ❑ Faux

3. **Un excellent conducteur thermique a une forte conductivité.**
❑ Vrai ❑ Faux

4. **La conduction est irréversible, les températures étant fixées.**
❑ Vrai ❑ Faux

→ corrigés p. 159

Bilan thermique Terre-atmosphère, effet de serre 58

Lue Relue Acquise

La loi de Stefan permet de prédire la température d'un corps sans atmosphère. Dans ce dernier cas, les gaz à effet de serre contribuent à une augmentation de la température de la planète.

1 Loi de Stefan-Boltzmann

- **Tout corps éclairé reçoit de l'énergie sous forme de rayonnement électromagnétique** qui **augmente l'agitation** de ses particules et donc sa température.
- Tout corps à une température T émet aussi un rayonnement électromagnétique dont la puissance surfacique est proportionnelle à T^4.
- **Loi de Stefan-Boltzmann** :

$$P = \sigma T^4 \text{ avec } \begin{cases} P : \text{puissance surfacique rayonnée (en W}\cdot\text{m}^{-2}\text{)}, \\ T : \text{température (en K)}, \\ \sigma : \text{constante de Boltzmann } (\sigma = 5{,}67 \text{ W}\cdot\text{m}^{-2}\cdot\text{K}^{-4}). \end{cases}$$

Rappel

La loi de Wien permet de déterminer la longueur d'onde λ_{max} du maximum d'émission du rayonnement : $\lambda_{max} T \approx 3\,000 \ \mu\text{m}\cdot\text{K}$.

2 Température d'équilibre d'un corps

- Lorsqu'un corps émet autant d'énergie qu'il en reçoit, alors sa température se stabilise à une température dite d'équilibre.
- L'émission électromagnétique du Soleil sur un corps céleste correspond à une puissance totale $P_{émise}$ sur une surface $S = 4\pi d^2$ avec d la distance Soleil-corps. La puissance reçue par unité de surface du corps est $\dfrac{P_{émise}}{4\pi d^2} = \sigma T^4$, soit $T = \sqrt[4]{\dfrac{P_{émise}}{4\pi\sigma d^2}}$.

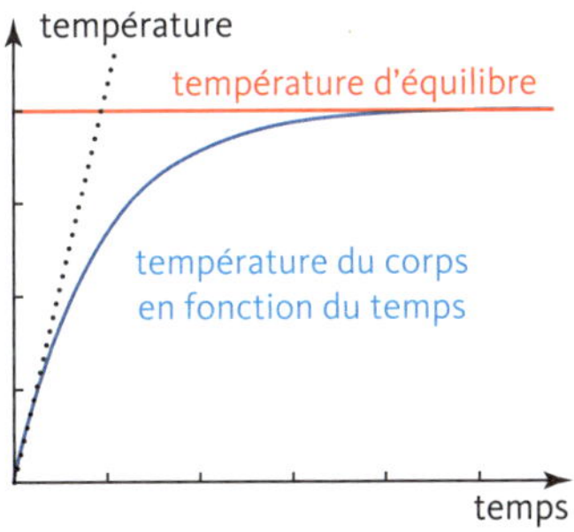

3 Effet de serre

Rappel
On appelle albédo le rapport entre l'énergie réfléchie et l'énergie absorbée.

● En corrigeant avec les effets d'albédo, on a une température moyenne terrestre de $\theta = -18$ °C, alors que celle observée est de 15 °C. Cette différence est due à **l'effet de serre produit par l'atmosphère terrestre**.

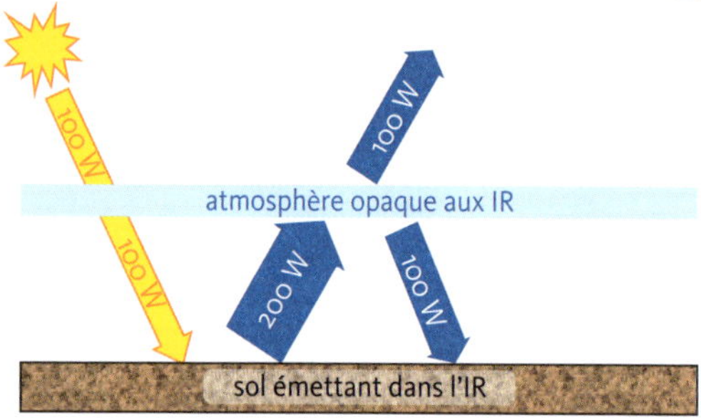

● Les gaz contenus dans l'atmosphère sont transparents à la lumière visible, mais les gaz à effet de serre (GES), comme le dioxyde de carbone, la vapeur d'eau ou le méthane, sont opaques aux IR et les absorbent.

● Avec un modèle d'atmosphère parfaite, la température moyenne est plus importante d'un facteur $\sqrt[4]{2} = 1{,}19$ au lieu de 1,13 en réalité.

● Les GES contribuent donc à un effet de serre naturel, de l'ordre de 155 $W \cdot m^{-2}$ s'ajoutant aux 341 $W \cdot m^{-2}$ reçus du Soleil. En revanche, l'augmentation des quantités de dioxyde de carbone et de méthane contribue à un effet de serre supplémentaire de l'ordre de 3 $W \cdot m^{-2}$.

Mémo'Quiz

1. **La puissance surfacique rayonnée par un corps est proportionnelle à la température de ce corps.** ❑ Vrai ❑ Faux

2. **L'effet de serre contribue à la température terrestre.** ❑ Vrai ❑ Faux

3. **La Terre a une température moyenne de 15 K.** ❑ Vrai ❑ Faux

4. **La puissance rayonnée est proportionnelle à σ.** ❑ Vrai ❑ Faux

➜ corrigés p. 159

Loi phénoménologique de Newton

59

☐ Lue ☐ Relue ☐ Acquise

La température T d'un système thermique en contact avec un réservoir à température T_T évolue de manière exponentielle vers T_T.

1 Loi de Newton

- Un système homogène et incompressible à une température initiale T_0 est en contact avec un thermostat à la température T_T constante.

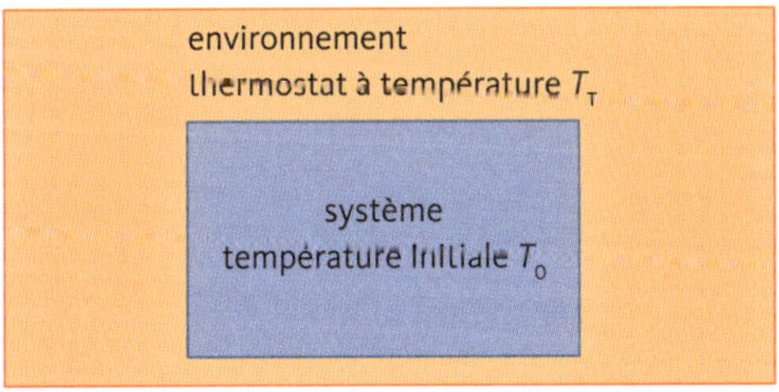

- Plusieurs cas peuvent se présenter :

  – Si $T_0 < T_T$ alors le système va se « réchauffer » jusqu'à atteindre la température T_T du thermostat. Il va donc recevoir de l'énergie par transfert thermique de la part du thermostat ($Q > 0$).

  – Si $T_0 > T_T$ alors le système va se « refroidir » jusqu'à atteindre la température T_T du thermostat. Il va donc céder de l'énergie par transfert thermique au thermostat ($Q < 0$).

  – Si $T_0 = T_T$ alors la température du système n'évolue pas ; le système est déjà en équilibre avec le thermostat. Globalement, le transfert thermique entre le système et le thermostat est nul ($Q = 0$).

- **Loi phénoménologique de Newton** :
Dans le cas d'un système à une température initiale T_0 en contact avec un thermostat à température T_T constante, le taux de perte ou de gain par transfert thermique du système est tel que :

$$\frac{dT(t)}{dt} = -k(T(t) - T_T)$$

● Si $T_0 < T_T$, alors la température $T(t)$ du système évolue de T_0 à T_T donc $T(t) - T_T \geqslant 0$ et $\frac{dT(t)}{dt} \leqslant 0$. Le système se réchauffe. Dans le cas contraire où $T_0 < T_T$, alors $T(t) - T_T \geqslant 0$ et $\frac{dT(t)}{dt} \leqslant 0$. Le système se refroidit.

Remarque
Le coefficient k est homogène à l'inverse d'un temps ; il s'exprir en s^{-1}.

2 Expression de la température

● La loi de Newton s'écrit $\frac{dT}{dt} + kT = kT_T$.

Par dérivation par rapport au temps t, on obtient alors : $\frac{d^2T}{dt^2} + k\frac{dT}{dt} = 0$.

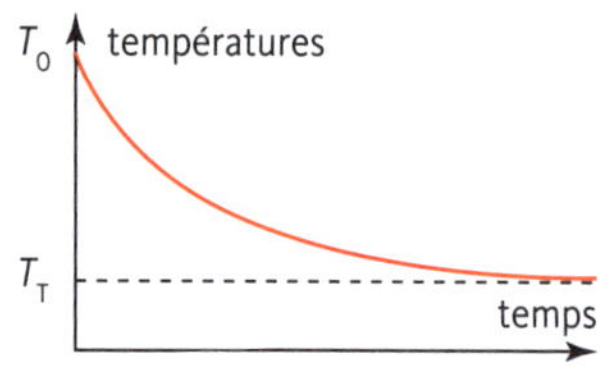

● La solution à cette équation différentielle du premier ordre est une fonction exponentielle du type :

$$T(t) = A + B\exp(-kt)$$

Les coefficients A et B sont alors déterminés par les conditions aux limites du fluide incompressible :

$T = T_0$ à l'état initial et $T = T_T$ à l'équilibre.

Finalement, la solution est : $\boldsymbol{T(t) = T_T + (T_0 - T_T)\exp(-kt)}$.

Mémo'Quiz

1. **La température d'un thermostat est constante pendant la durée caractéristique de l'établissement de l'équilibre.** ❑ Vrai ❑ Faux

2. **La température du système est une exponentielle croissante ou décroissante.** ❑ Vrai ❑ Faux

3. **Si l'équilibre thermodynamique est atteint, la température du système n'évolue globalement plus.** ❑ Vrai ❑ Faux

4. **Si $y = \exp(x)$, alors $x = \exp(-y)$.** ❑ Vrai ❑ Faux

→ corrigés p. 159

Ondes sonores

60

Lue Relue Acquise

Une onde sonore est une onde acoustique audible. Notre récepteur est sensible au niveau sonore (en dB), fonction logarithmique de l'intensité de l'onde. Entre l'émetteur et notre oreille, le signal sonore est atténué.

1 Propriétés

- Une **onde acoustique** est une onde longitudinale qui se propage par compression/dilatation de l'air.
- Notre récepteur, l'oreille, est sensible aux ondes acoustiques de fréquence comprise **entre 20 Hz et 20 kHz** : les **ondes sonores**.

À retenir

Une onde est longitudinale si la direction de déformation est parallèle à la direction de propagation de l'onde. Dans le cas où ces deux directions sont perpendiculaires entre elles, l'onde est dite transversale.

2 Intensité et niveau sonores

- On définit l'**intensité acoustique** ***I*** s'exprimant en $W \cdot m^{-2}$ comme la puissance acoustique *P* reçue par un récepteur, par unité de surface *S* :

$$I = \frac{P}{S} \quad \text{avec} \quad \begin{cases} P : \text{puissance (en W)}, \\ S : \text{surface (en m}^2\text{)}. \end{cases}$$

- Cette intensité acoustique est liée à la sensation de notre récepteur. Pour l'oreille humaine, l'intensité acoustique minimale perçue est égale à $I_0 = 10^{-12}\ W \cdot m^{-2}$, et le seuil de douleur se situe à $I = 25\ W \cdot m^{-2}$.

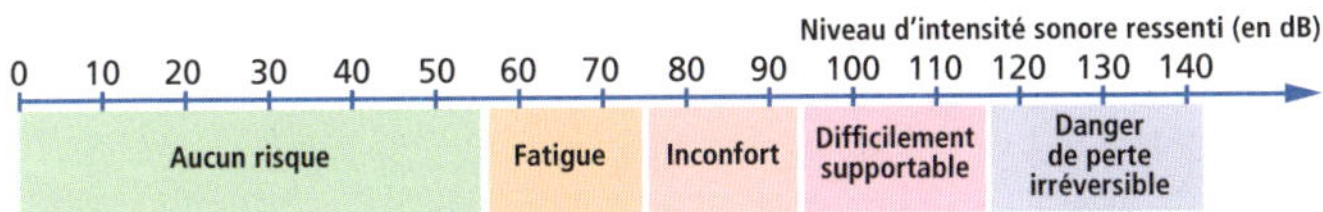

- Le physiologiste allemand Fechner (1801-1887) a remarqué que notre récepteur n'est pas directement sensible à l'intensité *I* de l'onde sonore, mais que les sensations acoustiques variaient de manière logarithmique.

Rappel

Le logarithme décimal est la fonction inverse de la fonction « puissance de 10 » : si $y = 10^x$ alors $x = \log(y)$.

- Le **niveau d'intensité sonore** L, exprimé en décibels (dB), est défini par :

$$L = 10\log\left(\frac{I}{I_0}\right) \text{ avec } \begin{cases} \text{log : fonction logarithme décimal,} \\ I : \text{intensité acoustique (en W·m}^{-2}\text{),} \\ I_0 : \textbf{intensité de référence } (I_0 = 10^{-12} \text{ W·m}^{-2}). \end{cases}$$

- Les intensités acoustiques sont des grandeurs additives, mais ce n'est pas le cas des niveaux acoustiques. En effet, si $I = I_1 + I_2$, alors :

$$L = 10\log\left(\frac{I}{I_0}\right) = 10\log\left(\frac{I_1 + I_2}{I_0}\right) \neq 10\log\left(\frac{I_1}{I_0}\right) + 10\log\left(\frac{I_2}{I_0}\right) = L_1 + L_2$$

3 Atténuation

- L'**atténuation** caractérise l'affaiblissement du signal transmis au cours de sa propagation.
- On définit généralement un **facteur d'atténuation acoustique α** ou facteur d'affaiblissement acoustique exprimé en décibels (dB). Le lien entre les puissances d'entrée et de sortie s'écrit :

Remarque

Les raisons de l'atténuation d'un signal sont multiples : phénomènes de diffusion, absorption par le milieu de propagation, phénomène de réflexions parasites...

$$\alpha = \frac{P_s}{P_e} = \frac{I_s}{I_e}$$

avec
- P_e et P_s : puissances d'entrée et de sortie (en W),
- I_e et I_s : intensités acoustiques d'entrée et de sortie (W·m^{-2}) du signal à transmettre.

- On peut aussi définir un **niveau d'atténuation acoustique** comme :

$$\log\alpha = \log\frac{P_s}{P_e}$$

Mémo'Quiz

1. Les niveaux sonores sont additifs. ❑ Vrai ❑ Faux
2. Le facteur d'atténuation acoustique α s'exprime en dB. ❑ Vrai ❑ Faux
3. L'oreille est sensible à l'intensité du son. ❑ Vrai ❑ Faux
4. Le niveau sonore s'exprime en W·m^{-2}. ❑ Vrai ❑ Faux

→ corrigés p. 159

Diffraction

61

Lue Relue Acquise

Lorsqu'une onde traverse un objet dont les dimensions sont de l'ordre de grandeur de la longueur d'onde du rayonnement, il apparaît une figure de diffraction de l'objet diffractant.

1 Conditions d'observation et caractéristiques

- Lorsqu'une onde (un signal acoustique ou lumineux) rencontre un objet de petites dimensions ou une ouverture de petites dimensions, si ces dimensions sont de l'**ordre de grandeur** de la longueur d'onde du signal, alors le principe de propagation rectiligne de l'onde progressive n'est plus respecté. On parle de **diffraction du signal par l'objet ou l'ouverture**.

- En TP, on peut mettre en évidence le phénomène de diffraction dans le cas de la lumière monochromatique par le passage d'un laser dans une fente verticale par exemple. Le faisceau lumineux, après passage par la fente, est récupéré sur un écran perpendiculaire au faisceau laser incident.

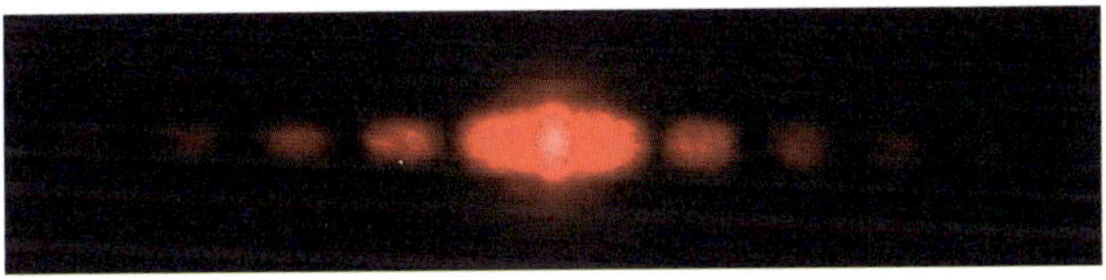

Figure de diffraction d'une fente verticale

- On observe une **figure horizontale alors que l'obstacle est vertical** : la figure obtenue est perpendiculaire à l'obstacle. Elle se compose d'une série de petits traits de longueur identique à l'exception de celui du centre, appelé **tache centrale de diffraction**, de longueur **double**. L'intensité lumineuse diminue au fur et à mesure que l'on s'éloigne de la tache centrale.

À retenir

La largeur de la tache centrale de diffraction est deux fois plus importante que celle des taches secondaires.

- Dans le cas d'une lumière polychromatique ou d'une lumière blanche, on observe en plus des **irisations** de la figure de diffraction : les bords de la tache centrale de diffraction présentent un dégradé des couleurs de l'arc-en-ciel. Le trajet des rayons lumineux dépend de la longueur d'onde du signal.

2 Angle caractéristique de diffraction

- Reprenons l'expérience de la diffraction de l'onde monochromatique du laser par une fente. Soit $2d$ la largeur de la tache centrale de diffraction, D la distance entre l'ouverture et l'écran, et a la dimension de l'ouverture.

- L'**ouverture angulaire θ** (en rad) d'un faisceau diffracté par un obstacle est telle que :

$$\tan\theta \simeq \theta = \frac{d}{D} = \frac{\lambda}{a}$$

avec d, D et λ définies par le schéma ci-contre (en m).

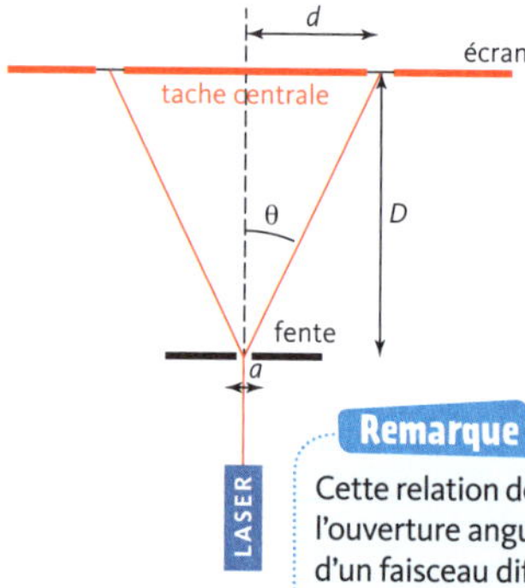

Remarque

Cette relation définissa[nt] l'ouverture angulaire d'un faisceau diffracté se généralise pour les petites ouvertures.

- La demi-largeur d (ou la largeur $2d$) de la tache centrale de diffraction est inversement proportionnelle à la taille a de l'objet diffractant. En utilisant un dispositif de diffraction et un échantillon d'objets de tailles différentes, on peut mesurer la valeur d des figures obtenues. On construit la courbe de d en fonction de $1/a$ (droite passant par l'origine). Cette courbe d'étalonnage est ensuite exploitée avec le même dispositif pour obtenir la taille d'un objet inconnu.

Mémo'Quiz

1. **La figure de diffraction par un laser d'un trou circulaire correspond à une tache centrale en forme de disque entourée de cercles concentriques.** ❑ Vrai ❑ Faux
2. **La forme de la figure de diffraction dépend de la géométrie de l'objet diffractant.** ❑ Vrai ❑ Faux
3. **La tangente de l'angle de diffraction est égale, dans une bonne approximation, à l'angle lui-même si sa valeur est relativement faible.** ❑ Vrai ❑ Faux
4. **Les dimensions de l'objet diffractant sont proportionnelles à la largeur de la tache centrale.** ❑ Vrai ❑ Faux

→ corrigés p. 159

Interférences à deux ondes

62

Lue Relue Acquise

Lorsque deux ondes, cohérentes entre elles, se superposent, on peut observer un phénomène d'interférences : un système de franges sombres et brillantes apparaît. L'intensité de chaque point des interférences observées dépend de la différence de marche des deux ondes qui interfèrent.

1 Conditions d'observation

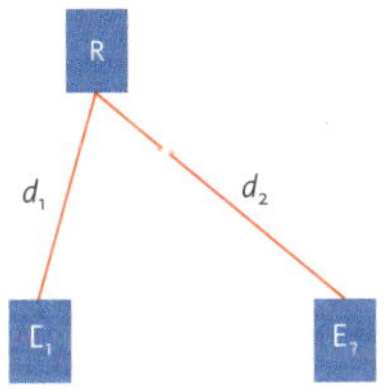

- En TP, on peut mettre en évidence le phénomène d'interférences avec des ultrasons par exemple : on place côte à côte deux émetteurs ultrasonores E_1 et E_2 identiques. On déplace ensuite un récepteur R en face des émetteurs, suivant une droite parallèle à (E_1E_2).
- On observe alors, à l'aide d'un oscilloscope relié à R, qu'en certains points de l'espace, l'amplitude du signal reçu **peut être maximale** et qu'en d'autres, elle **peut être nulle**.
- Dans le cas de deux signaux cohérents, souvent produits à partir d'une même source S primaire, on peut observer des **franges d'interférence,** soit une succession de franges sombres (intensité nulle) et de franges très brillantes (maxima d'intensité).

2 Différence de marche, interférences constructives et destructives

- On définit la **différence de marche**, notée δ et s'exprimant en mètres, comme la différence entre les distances d_1 et d_2 (définies dans le schéma ci-avant) parcourues par les ondes qui interfèrent :

$$\delta = d_2 - d_1$$

Remarque

Dans un milieu homogène d'indice $n \neq 1$, on définit plus généralement la différence de marche comme $\boldsymbol{\delta = n(d_2 - d_1)}$.

- Lorsque la différence de marche δ est un multiple de la longueur d'onde, les interférences sont dites **constructives : $\delta = k\lambda$** avec $k \in \mathbb{Z}$. Les signaux sont alors en phase.

En revanche, lorsque $\delta = \left(k + \frac{1}{2}\right)\lambda$ avec $k \in \mathbb{Z}$, **les interférences sont destructives**. Les signaux sont alors en opposition de phase.

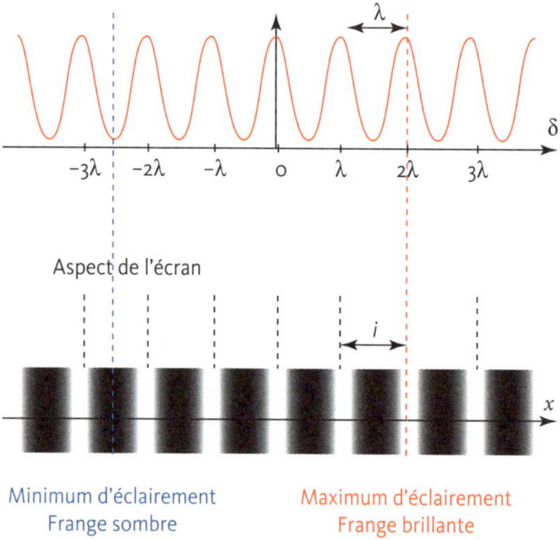

- Les **interférences destructives** correspondent à un point de l'écran de réception du signal pour lequel les franges sont **sombres**.

En revanche, les **interférences constructives** correspondent à des points de maximum d'intensité, c'est-à-dire des centres de franges **brillantes**.

Mémo'Quiz

1. La figure de diffraction d'une onde lumineuse monochromatique est la même que la figure d'interférences à deux ondes.
❑ Vrai ❑ Faux
2. La condition d'interférences constructives dépend de la nature des ondes qui se propagent. Elle n'est valable que pour des ondes transversales. ❑ Vrai ❑ Faux
3. La figure d'interférences des ondes électromagnétiques a une frange centrale brillante de largeur double des franges secondaires.
❑ Vrai ❑ Faux
4. La frange centrale est toujours brillante, car la différence de marche entre les deux ondes est toujours nulle. ❑ Vrai ❑ Faux

→ corrigés p. 159

Cas des interférences lumineuses

63

Lue Relue Acquise

L'expérience d'interférences lumineuses la plus connue est celle des fentes ou des trous d'Young. La distance entre deux franges brillantes consécutives ou deux franges sombres est appelée interfrange. Elle dépend de la distance entre le dispositif d'Young et l'écran, de la distance entre les ouvertures et de la longueur d'onde du signal lumineux.

1 Expérience des trous ou des fentes d'Young

- Le dispositif des **fentes d'Young** est le suivant : un faisceau de lumière monochromatique est émis en direction d'une plaque opaque percée de deux fentes F_1 et F_2 très fines. Derrière la plaque, on observe sur un écran une répartition d'intensité lumineuse $I(x)$.

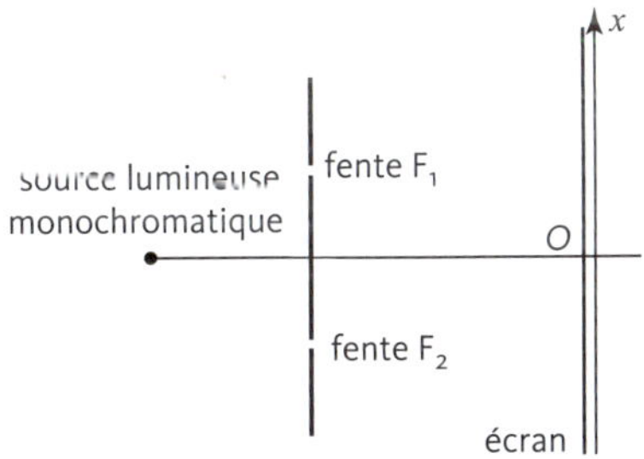

- On peut alors observer que :
  – si l'une des deux fentes est obstruée, par exemple F_1, l'écran présente la **figure de diffraction** de la fente ouverte d'intensité $I_1(x)$;
  – si les deux fentes sont ouvertes, l'écran présente **des franges d'interférence**, et $I(x)$ ne correspond pas à la somme des intensités produites par F_1 et F_2 séparément : $I(x) \neq I_1(x) + I_2(x)$;
  – si l'on diminue l'intensité lumineuse de la source, afin que les photons arrivent un à un sur la plaque, chaque photon produit un impact localisé sur l'écran, passant aléatoirement par l'une ou l'autre des fentes et **reconstruisant les franges d'interférence** ;
  – si l'on place un détecteur sur l'une des fentes, on n'obtient pas de franges d'interférence, mais la figure de diffraction de l'autre fente.

- Dans le cas des ondes lumineuses monochromatiques, l'expérience des fentes d'Young présente une série de franges dites **franges d'interférence**. Certains endroits M de l'écran présentent aussi des points d'intensité lumineuse maximale (franges brillantes) et des points d'intensité nulle (franges sombres).

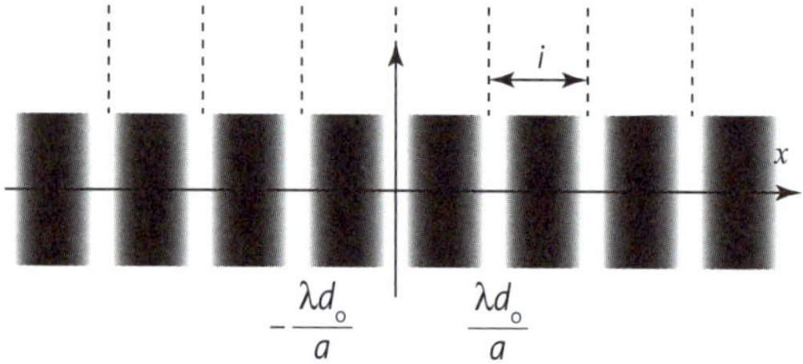

- Dans le cas d'une lumière polychromatique ou d'une lumière blanche, les figures d'interférence dues à chaque longueur d'onde se **superposent** sur l'écran, créant des franges de plus en plus irisées au fur et à mesure que l'on s'éloigne du centre de la figure.

2 Interfrange

- L'**interfrange** i (en m) est la distance entre deux franges brillantes [resp. sombres] consécutives :

$$i = \frac{\lambda d_0}{a}$$

avec $\begin{cases} a : \text{distance entre les fentes (en m),} \\ d_0 : \text{distance fente-écran (en m),} \\ \lambda : \text{longueur d'onde de la source (en m).} \end{cases}$

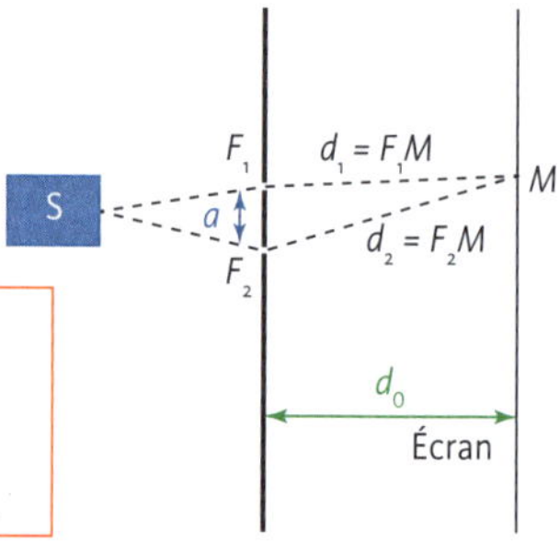

Mémo'Quiz

1. L'interfrange est proportionnel à la longueur d'onde. ❑ Vrai ❑ Faux
2. La distance entre deux franges brillantes est égale à un nombre entier d'interfranges. ❑ Vrai ❑ Faux
3. Plus la distance fentes-écran est grande et plus l'interfrange est grand. ❑ Vrai ❑ Faux
4. L'interfrange peut être négatif. ❑ Vrai ❑ Faux

→ corrigés p. 159

Effet Doppler

64

Lue Relue Acquise

Lorsqu'un émetteur se déplace par rapport à un récepteur, la fréquence de l'onde émise est modifiée : l'onde est reçue avec une fréquence supérieure à la fréquence émise si la source se rapproche de l'émetteur.

1 Décalage en fréquence

- Pour comprendre le phénomène, imaginons une source qui lance des balles à la vitesse c avec un temps entre deux balles, ou période d'émission, noté T_E. Supposons, de plus, que le récepteur des balles se déplace parallèlement à la direction des lancers à la vitesse v.

Le temps qui sépare deux réceptions de balle est noté T_R : il est plus grand que T_E, car entre deux balles, le récepteur s'est éloigné davantage de la source. Pendant ce temps supplémentaire, la balle a parcouru une distance correspondant à $c(T_R - T_E)$, et le récepteur s'est reculé d'une même distance correspondant à vT_R.

Finalement, on a $c(T_R - T_E) = vT_R$, soit $T_R = \dfrac{1}{1-\dfrac{v}{c}}T_E$ ou $f_R = \left(1-\dfrac{v}{c}\right)f_E$, avec $f = \dfrac{1}{T}$ la fréquence correspondante.

- On peut aussi considérer un récepteur s'approchant de la source à la vitesse v, l'expression précédemment établie se retrouve en changeant v en $-v$.

- Lorsqu'un signal de fréquence f est reçu par un récepteur en mouvement à la vitesse v par rapport à la source, la variation Δf est :

Remarque

On peut généraliser à tout signal de fréquence f_E reçu à la fréquence f_R. En général, on s'intéresse au cas des ondes acoustiques et électromagnétiques.

$$\frac{\Delta f}{f} = \frac{f_R - f_E}{f_E} = \frac{v}{c}$$

avec
- f : fréquence du signal lors de l'émission (en Hz),
- v : vitesse de déplacement du récepteur par rapport à la source (en $m \cdot s^{-1}$),
- c : célérité du signal (en $m \cdot s^{-1}$).

- Si le **récepteur se rapproche de la source S** (cas R_1), la **fréquence perçue est plus grande**, alors que s'il s'éloigne (cas R_2), la fréquence perçue est plus petite.

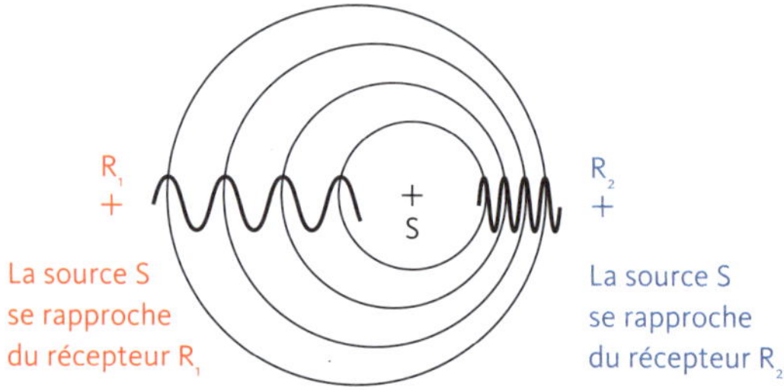

Exemple : la fréquence du signal sonore d'une sirène de véhicule change lorsqu'elle s'approche (son plus aigu) et lorsqu'elle s'éloigne (son plus grave).

2 Décalage Doppler

- Lorsqu'une **source lumineuse** s'éloigne de la Terre, la fréquence apparente de son rayonnement diminue, et sa lumière se **déplace vers la partie rouge du spectre**.
- On appelle ***redshift***, noté z, sans unité, le décalage vers le rouge d'une source astronomique s'éloignant de nous : $z = \frac{\Delta f}{f} = \frac{v}{c}$.

Remarque

z est sans direction et sans unité.

Le décalage en fréquence étant directement lié à la vitesse v de l'astre, on peut, en comparant le spectre reçu avec le spectre solaire, le mesurer et **en déduire la vitesse relative** de cet astre par rapport à notre planète.

Mémo'Quiz

1. L'effet Doppler est utilisé dans les radars pour mesurer la vitesse des voitures. ❑ Vrai ❑ Faux
2. Le *redshift* correspond à la différence des vitesses de la source et de l'onde. ❑ Vrai ❑ Faux
3. L'effet Doppler est un phénomène purement électromagnétique. ❑ Vrai ❑ Faux
4. Le *redshift* est sans dimension. ❑ Vrai ❑ Faux

→ corrigés p. 159

Lentilles minces

Lue Relue Acquise

65

Une lentille mince convergente fait dévier le trajet des rayons lumineux, permettant de faire l'image d'un objet. Les caractéristiques de l'image sont régies par les lois de l'optique géométrique.

1 Lentilles minces convergentes

- Une lentille mince est un objet en matériau transparent ayant un axe de symétrie et un centre O appelé **centre optique**.
- Parmi les lentilles minces, il existe des lentilles dites **convergentes.** Un faisceau de lumière parallèle dont la trajectoire est perpendiculaire à l'axe de la lentille convergente (rayons provenant de l'infini) converge en un point unique derrière la lentille appelé **foyer focal image** et noté F'.
- La **distance focale f'** d'une lentille se définit alors comme la distance entre le centre O de la lentille et le foyer focal image F' : $f' = \overline{OF'} > 0$,
- Les distances sont ainsi algébriques et comptées **positivement dans le sens de la propagation de la lumière** et de **bas en haut**.

Bien comprendre

La notation $\overline{OF'}$ signifie « valeur algébrique » de OF'.

- La vergence C, exprimée en dioptries (en δ), est l'inverse de la distance focale f'(en m) : $\boldsymbol{C = \frac{1}{f'}}$.

2 Rayons principaux

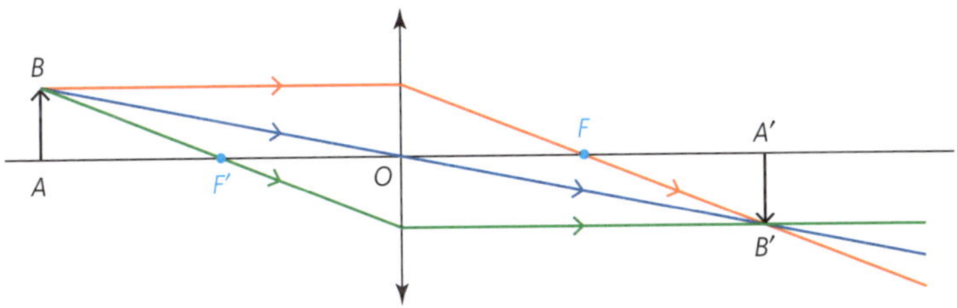

- La figure ci-avant montre les trois rayons particuliers ou principaux permettant d'obtenir l'image $A'B'$ d'un objet AB à travers une lentille convergente.

3 Relations de conjugaison et du grandissement

● La position de A', point image conjugué du point objet A à travers la lentille de centre optique O et de foyer focal image F', est telle que :

$$\frac{1}{\overline{OA'}} - \frac{1}{\overline{OA}} = \frac{1}{\overline{OF'}} = C$$

avec
- $\overline{OA'}$: distance algébrique de O à A' (en m),
- $\overline{OA}$: distance algébrique de O à A (en m),
- $\overline{OF'}$: distance focale de la lentille (en m),
- C : vergence de la lentille (en δ).

Remarque

Bien penser à mettre toutes les distances algébriques en mètres avant une application numérique et à vérifier leur signe ! C'est la source de toutes les erreurs...

● Le grandissement, noté γ sans unité, est le rapport algébrique entre la taille de l'image et celle de l'objet :

$$\gamma = \frac{\overline{A'B'}}{\overline{AB}} = \frac{\overline{OA'}}{\overline{OA}}$$

avec
- γ : grandissement (sans unité),
- $\overline{A'B'}$, $\overline{AB}$, $\overline{OA'}$ et $\overline{OA}$: distances algébriques (en m).

● Si $\gamma > 0$, **l'image est dite droite** par rapport à l'objet ; elle est renversée dans le cas contraire.

● Si $|\gamma| > 1$, **l'image est agrandie** par rapport à l'objet ; elle est réduite dans le cas contraire.

Mémo'Quiz

1. Le rayon principal passant par le centre optique d'une lentille n'est jamais dévié.
❑ Vrai ❑ Faux

2. $\overline{AB} > 0$ si A est avant B dans le sens de propagation de la lumière.
❑ Vrai ❑ Faux

3. Le grandissement est une grandeur algébrique.
❑ Vrai ❑ Faux

4. La vergence s'exprime en mètres, comme toutes les distances.
❑ Vrai ❑ Faux

→ corrigés p. 159

Modèle d'une lunette astronomique

66

Lue Relue Acquise

Une lunette astronomique est un instrument d'optique constitué de deux lentilles minces.

1 Constitution d'une lunette astronomique

- La lunette est un instrument de type **réfracteur** : les rayons lumineux traversent la première lentille convergente sans réflexion.
- Une lunette est constituée d'un tube portant une lentille (ou groupe de lentilles) à chaque extrémité :
  - la plus grosse lentille, appelée **objectif**, est de **grande distance focale**. Elle permet de donner une image intermédiaire dans son plan focal image d'un corps lumineux situé à l'infini ;
  - la plus petite lentille, appelée **oculaire**, est la lentille **proche de l'œil** de courte distance focale. Elle permet d'observer l'image intermédiaire afin que l'œil n'accommode pas.

Remarque
L'oculaire transforme l'image intermédiaire en image à l'infini : les rayons lumineux arrivent parallèles au niveau de la rétine, l'œil n'a pas besoin d'accommoder.

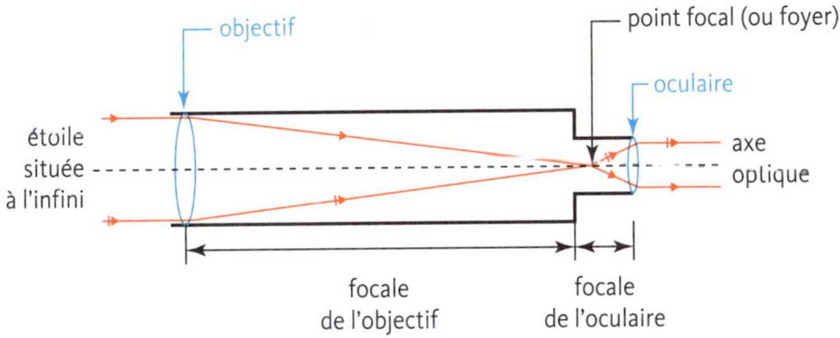

2 Accommodation

- Un œil normal voit sans effort des objets éloignés. On dit que l'œil est au **repos**. La distance cristallin-rétine est alors égale à la **distance focale** $f' = \overline{OF'}$ de la lentille convergente.

● En revanche, un œil normal doit effectuer un effort pour voir nettement les objets proches : les muscles de l'œil agissent alors sur le cristallin, qui se bombe pour former une image sur la rétine, la distance rétine-cristallin étant fixée. Ce changement de la courbure du cristallin est appelé **accommodation**.

3 Schéma d'une lunette afocale

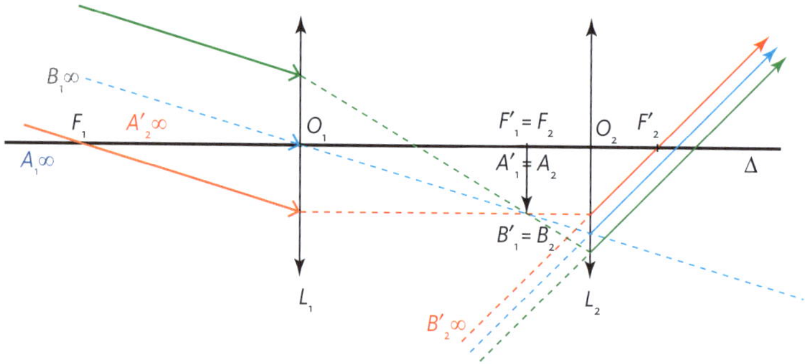

● L'objet A_1B_1 est à l'infini, et $A'_1B'_1$ est l'image intermédiaire.

● $A'_1B'_1$ devient alors objet A_2B_2 pour l'oculaire L_2 : l'image intermédiaire étant aussi dans le plan focal objet de L_2, son image $A'_2B'_2$ est à l'infini.

● Une lunette est **afocale** lorsque, d'un objet situé à l'infini, elle donne une image à l'infini.

Mémo'Quiz

1. Une lunette afocale a ses foyers F'_1 et F_2 confondus.
❑ Vrai ❑ Faux

2. L'image intermédiaire est objet pour l'objectif.
❑ Vrai ❑ Faux

3. L'oculaire est proche de l'œil. ❑ Vrai ❑ Faux

4. L'objectif a une forte vergence. ❑ Vrai ❑ Faux

→ corrigés p. 159

Grossissement d'une lunette afocale

67

Lue Relue Acquise

Une lunette afocale donne une image agrandie de l'objet vu à l'œil nu. Une de ses caractéristiques constructeur est son grossissement.

1 Expression du grossissement *G*

- Une lunette est **afocale** lorsque, d'un objet situé à l'infini, elle donne une image à l'infini. Le **plan focal image de l'objectif** d'une lunette afocale **est confondu avec le plan focal objet de l'oculaire**.
- Le foyer focal image F'_1 de l'objectif, le foyer focal objet F_2 de l'oculaire et le point situé sur l'axe optique de l'image intermédiaire sont confondus : $F'_1 = F_2 = A'_1 = A_2$ (voir schéma ci-après).
- Le **grossissement** d'une lunette, grandeur sans unité, est le rapport entre l'angle β sous lequel est vu l'objet à travers la lunette et l'angle α sous lequel il est vu à l'œil nu :

$$G = \frac{\beta}{\alpha}$$ avec α et β en radians (rad) ou en degrés (°).

Remarque

Le grossissement est un rapport de deux grandeurs de même dimension : c'est une grandeur sans dimension et sans unité.

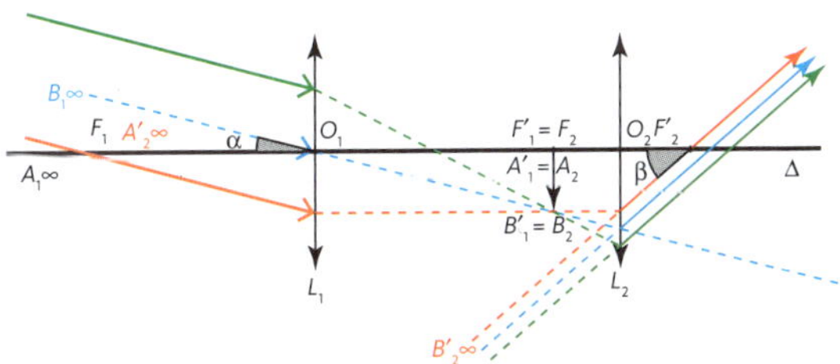

- Dans le cas de petits angles : $\alpha \approx \tan\alpha = \frac{A_1'B_1'}{O_1F_1'} = \frac{A_1'B_1'}{f_1'}$.
- À la sortie de l'oculaire, les rayons sont parallèles et tels que :

$$\beta \approx \tan\beta = \frac{A_2'B_2'}{O_2F_2'} = \frac{A_1'B_1'}{O_1F_2'} = \frac{A_1'B_1'}{f_2'}$$

- Le grossissement est alors : $G = \frac{\beta}{\alpha} = \frac{f_1'}{f_2'}$.

Grossissement d'une lunette afocale

- Dans le cas de petits angles, pour une lunette afocale :

$$G = \frac{f'_1}{f'_2} = \frac{C_2}{C_1}$$ avec

- f'_1 et f'_2 : distances focales des lentilles L_1 objectif et L_2 oculaire (en m),
- C_1 et C_2 : vergences en dioptries (δ).

2 Données caractéristiques d'une lunette commerciale

- Les données caractéristiques d'une lunette sont :

– le **diamètre de l'objectif** et sa **distance focale** (en mm) : une lunette 60/700 correspond à un instrument dont le diamètre de l'objectif est de 60 mm et la distance focale de 700 mm ;

– les **distances focales des oculaires** (en mm) : une lunette a généralement plusieurs oculaires dont les distances focales peuvent être 20 mm, 12,5 mm et 4 mm ;

– le **grossissement maximal** : 140 fois par exemple ;

– d'autres données telles que la hauteur du trépied, la présence d'un prisme, les caractéristiques d'un réticule, etc.

Mémo'Quiz

1. La lunette afocale possède une lentille au moins sans distance focale ou à distance focale nulle. ❑ Vrai ❑ Faux

2. Le grossissement d'une lunette afocale correspond au rapport des distances focales ou des vergences de l'oculaire et de l'objectif :
$G = \frac{f'_1}{f'_2} = \frac{C_1}{C_2}$. ❑ Vrai ❑ Faux

3. Le grossissement d'une lunette est aussi appelé grandissement dans le cas d'une lunette afocale. ❑ Vrai ❑ Faux

4. Les grandeurs caractéristiques d'une lunette homogènes à des longueurs sont données par les constructeurs en mm et non en m, unité du système international. ❑ Vrai ❑ Faux

→ corrigés p. 159

Effet photoélectrique

Lue Relue Acquise

68

L'effet photoélectrique est un phénomène d'excitation des électrons des atomes permettant la création d'un courant électrique.

1 Dispositifs expérimentaux

- L'effet photoélectrique peut se mettre simplement en évidence en posant une **plaque de zinc sur un électroscope chargé** et en éclairant cette plaque avec une **lampe spectrale à mercure** (source d'ondes électromagnétiques dont la fréquence se situe dans l'ultraviolet). Si l'électroscope est chargé positivement, on n'observe aucun changement à l'irradiation. En revanche, s'il est chargé négativement, il **va se décharger progressivement**. On peut compléter cette expérience historique en interposant une plaque de verre ou de plexiglas entre l'électroscope et le zinc, afin de constater qu'il n'y a aucune décharge de l'électroscope dans la plaque de zinc sous effet de l'irradiation UV, absorbée par le verre.
- Une étude plus systématique, sous irradiation, permet de conclure, entre autres :

  – qu'il existe une **fréquence-seuil ν_s** de l'onde électromagnétique pour laquelle l'effet photoélectrique ne se produit pas. Cette **fréquence ν_s dépend du matériau** constituant la plaque métallique ;

  – qu'en plaçant la plaque métallique sous vide et en récoltant les charges négatives arrachées, on peut les identifier comme des **électrons**.
- En utilisant un dispositif sous vide avec un système de cellule constituée d'une anode collectrice des électrons portée à un potentiel V positif et d'une photocathode correspondant à la plaque métallique, on observe un **courant traversant la cellule**.

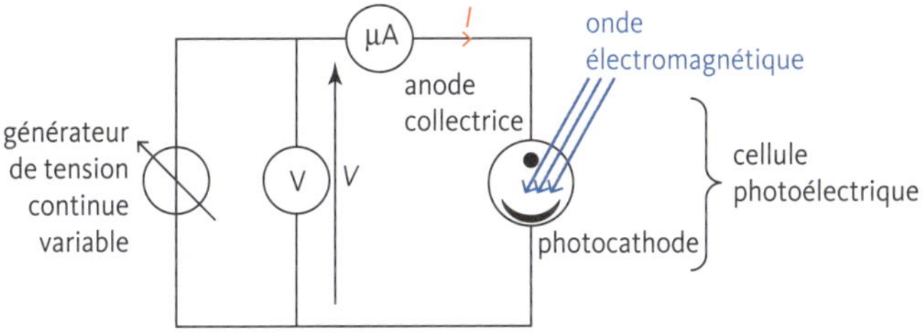

● **L'intensité I du courant prend une valeur constante** et maximale I_s, ou courant de saturation. De plus, lorsque la tension V diminue, le **courant diminue et s'annule** pour une tension V_0 négative appelée contre-tension maximale.

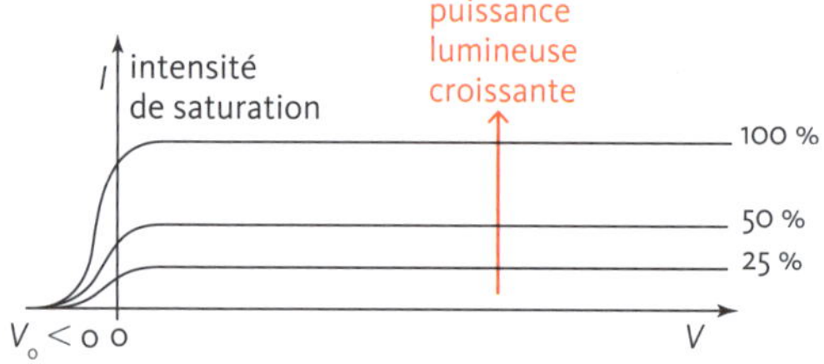

2 Interprétation classique et travail d'extraction

● Lors de l'irradiation de la photocathode, les électrons sont arrachés à cette plaque et s'accumulent à son voisinage s'ils ne sont pas collectés rapidement par l'anode. Ces électrons forment alors une **charge d'espace négative** qui freine le passage des électrons suivants. Lorsque V est assez importante, la charge d'espace disparaît, et l'anode collecte la totalité des électrons générés, expliquant ainsi le courant de saturation.

● Les électrons sont liés au métal : pour les arracher, il faut vaincre des forces de rappel qui s'y opposent. Il faut donc fournir à l'électron une énergie sous forme de travail appelé **travail d'extraction ou travail de sortie W_s**.

● Il est en revanche impossible d'expliquer la contre-tension maximale $|V_0|$ et le seuil ν_s photoélectrique avec les lois de la physique classique.

Remarque
Le travail d'extraction est caractéristique du métal ou de l'alliage utilisé.

Mémo'Quiz

1. **Il existe une tension seuil au-delà de laquelle l'électron n'est pas excité.** ❑ Vrai ❑ Faux
2. **W_s s'exprime en newtons.** ❑ Vrai ❑ Faux
3. **Le travail d'extraction est spécifique au matériau.** ❑ Vrai ❑ Faux
4. **La contre-tension est négative.** ❑ Vrai ❑ Faux

→ **corrigés p. 159**

Interaction photon-matière

69

Lue Relue Acquise

Un bilan énergétique permet d'interpréter le seuil photoélectrique et d'expliquer la contre tension.

1 Bilan énergétique : interprétation du seuil photoélectrique

- On peut interpréter la contre-tension maximale et la fréquence seuil de l'effet photoélectrique à l'aide du **modèle particulaire de l'onde électromagnétique** constituée d'un flux de photons et en admettant les échanges d'énergies quantifiés entre le rayonnement et la matière (Einstein, 1905).
- En effet, pour arracher un électron à un métal, il faut fournir une énergie supérieure ou égale au travail d'extraction W_s de l'électron, cette énergie étant **celle du photon absorbé** par le métal lors de son irradiation.
- La fréquence seuil photoélectrique ν_s correspond en fait à celle du photon possédant l'énergie minimale E_{min}, qui est **exactement égale au travail d'extraction W_s**. On en déduit donc :

$$E_{min} = h\nu_s = W_s \text{ avec } \begin{cases} \nu_s : \text{fréquence seuil (en Hz)}, \\ W_s : \text{travail d'extraction (en J)}, \\ h : \text{constante de Planck } (h = 6{,}62 \times 10^{-34} \text{ J·s}). \end{cases}$$

- L'énergie d'un photon de fréquence ν permet d'arracher un électron au métal de la photocathode d'une cellule photoélectrique si :

$$E_{photon} = h\nu \geqslant W_s = h\nu_s \text{ avec } \nu : \text{fréquence du photon (en Hz).}$$

- Dans le cas où $h\nu > W_s = h\nu_s$, l'énergie excédentaire du photon est emportée sous forme **d'énergie cinétique** par l'électron arraché :

$$\Delta E = h(\nu - \nu_s) = E_c = \frac{1}{2}mv^2$$

Remarque
La masse de l'électron est $m = 9{,}1 \times 10^{-31}$ kg.

- On peut aussi écrire cette dernière relation sous la forme suivante, appelée **équation d'Einstein de l'effet photoélectrique** :

$$h\nu = W_s + \frac{1}{2}mv^2 = W_s + E_c \text{ avec } \begin{cases} \nu : \text{fréquence du photon (en Hz)}, \\ W_s : \text{travail d'extraction (en J)}, \\ m : \text{masse de l'électron (en kg)}, \\ v : \text{vitesse de l'électron (en m·s}^{-1}\text{) ;} \\ E_c : \text{énergie cinétique de l'électron (en J)}, \\ h : \text{constante de Planck.} \end{cases}$$

Remarque : E_c est l'énergie cinétique maximale de l'électron arraché si l'on considère qu'aucune charge d'espace n'est susceptible de le freiner.

- L'équation d'Einstein de l'effet photoélectrique est en fait **un bilan énergétique** : l'énergie du photon est utilisée pour le travail d'extraction, et l'excédent énergétique est converti en énergie cinétique pour l'électron arraché.

2 Énergie cinétique : interprétation de la contre-tension

- L'énergie cinétique de l'électron arraché lui permet d'atteindre l'anode collectrice : $e|V_0| = E_c = \frac{1}{2}mv^2 = h(\nu - \nu_s)$ avec e la charge élémentaire (en C).
- La contre-tension maximale est telle que :

$$|V| = \frac{h}{e}(\nu - \nu_s) \text{ avec } \begin{cases} |V_0| : \text{contre-tension maximale (en V)}, \\ \nu_s : \text{fréquence seuil (en Hz)}, \\ \nu : \text{fréquence du photon (en Hz)}, \\ e = 1{,}6 \times 10^{-19}\ \text{C} : \text{charge élémentaire (en C)}, \\ h : \text{constante de Planck } (h = 6{,}62 \times 10^{-34}\ \text{J·s}). \end{cases}$$

- La contre-tension maximale est une **fonction linéaire de la fréquence ν** du photon, qui s'annule pour le seuil photoélectrique $\nu = \nu_s$. Le coefficient directeur est une **constante absolue :** $\frac{h}{e}$.

Remarque

La charge q de l'électron est l'opposée de la charge élémentaire q = – e soit $q = -1{,}6 \times 10^{-19}$ C.

Mémo'Quiz

1. L'énergie du photon absorbé correspond au travail d'extraction : elle peut être supérieure ou égale à W_s. Les deux grandeurs s'expriment en joules. ❑ Vrai ❑ Faux

2. La constante de Planck s'exprime en joules par seconde ($J \cdot s^{-1}$). ❑ Vrai ❑ Faux

3. La somme du travail d'extraction et de l'énergie cinétique de l'électron arraché est égale à l'énergie du photon absorbé lors de l'effet photoélectrique. ❑ Vrai ❑ Faux

4. La valeur absolue de la contre-tension est proportionnelle à la fréquence du photon absorbé. ❑ Vrai ❑ Faux

→ corrigés p. 159

Applications de l'effet photoélectrique

70

Lue Relue Acquise

L'effet photoélectrique a de nombreuses applications comme les diodes électroluminescentes, les cellules photovoltaïques, etc.

1 Absorption et émission de photons

- L'effet photoélectrique correspond à une absorption de photons par un métal dont l'énergie permet d'ioniser les atomes et de transformer la différence d'énergie entre celle du photon et le travail d'extraction en énergie cinétique pour l'électron.
- Une lampe spectrale est constituée d'un gaz monoatomique pouvant effectuer des **transitions atomiques** grâce à l'énergie cédée par les électrons lors de la décharge électrique dans l'ampoule.

2 Applications

- Les **capteurs de lumière** ont un principe de fonctionnement basé sur l'effet photoélectrique : les photons sont absorbés par la matière, et des électrons sont arrachés d'une photocathode métallique.

Le photomultiplicateur (PM) est l'exemple d'instrument de physique qui permet d'**amplifier le microcourant** généré et d'ainsi pouvoir compter les photons un à un.

Remarque

Les capteurs de lumière et les diodes électroluminescences sont deux exemples d'applications mettant en jeu des interactions photon-matière.

- Les **diodes électroluminescentes** (DEL ou LED) sont des composants semi-conducteurs produisant des photons lorsqu'elles sont traversées par un courant électrique. Elles pourraient représenter 75 % du marché dans la prochaine décennie.

3 Cas particulier de la cellule photovoltaïque

- Une cellule photovoltaïque est une cellule constituée de silicium, **semi-conducteur** relativement abondant sur Terre. Elle permet de transformer les photons reçus de la lumière du Soleil en courant électrique. Une cellule photovoltaïque se présente sous la forme d'un panneau de plusieurs couches dopées afin de produire une tension entre les couches, créant ainsi le courant électrique alimentant un circuit externe.

- Le dopage se fait de la manière suivante :
  – la couche exposée à la lumière du Soleil est **dopée en phosphore possédant** davantage d'électrons que le silicium. Possédant un excès d'électrons, elle constitue le **pôle négatif (N) de la cellule** ;
  – la couche inférieure est **dopée en bore** possédant moins d'électrons que le silicium. Elle constitue donc le **pôle positif (P)**.

- De manière simplifiée, la cellule photovoltaïque se comporte alors « comme une pile » lorsqu'elle est éclairée : les photons transfèrent leur énergie aux électrons du silicium qui, grâce à la tension entre les pôles (P) et (N), génèrent un courant électrique pouvant alimenter un circuit extérieur.

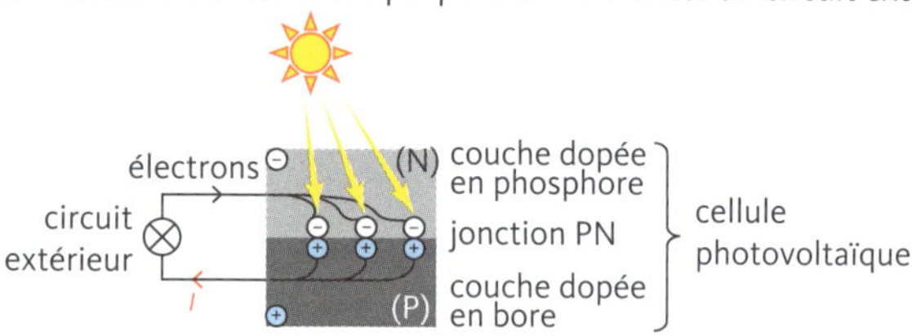

- Le rendement η d'une cellule photovoltaïque est le rapport entre la puissance électrique produite par la cellule et la puissance lumineuse reçue : $\eta = \frac{P_{\text{électrique}}}{P_{\text{lumineuse}}}$.

- Le rendement maximal d'une cellule photovoltaïque est de l'ordre de 15 à 20 %.

Remarque
Le rendement peut tout aussi bien être défini en énergie ou en puissance surfacique.

Mémo'Quiz

1. Une diode électroluminescente est constituée de semi-conducteurs.
❑ Vrai ❑ Faux

2. Une cellule photovoltaïque a le comportement d'une pile avec un pôle positif dopé en bore et un pôle négatif dopé en phosphore.
❑ Vrai ❑ Faux

3. Le rendement d'une cellule photovoltaïque est relativement faible.
❑ Vrai ❑ Faux

4. Le rendement d'une cellule photovoltaïque dépend de la puissance lumineuse produite et de la puissance électrique reçue.
❑ Vrai ❑ Faux

➜ corrigés p. 159

Modèle du condensateur

71

Lue Relue Acquise

Un condensateur est un dipôle électronique constitué de deux armatures conductrices séparées par un isolant appelé diélectrique.

1 Intensité d'un courant en régime variable

- Le courant électrique dans un circuit est une circulation de porteurs de charges dans une section de conducteur.
- La circulation de charges est caractérisée par l'intensité i (en A) : $\boldsymbol{i = \frac{dq}{dt}}$ avec dq la quantité d'électricité ou quantité de charge électrique (en C) traversant la section de conducteur pendant la durée dt (en s).

Remarque

$\frac{dq}{dt}$ apparaît comme un débit de charges.

- En **régime continu**, l'intensité du courant en chaque point du circuit ne dépend pas du temps. En revanche, l'intensité du courant peut dépendre, en fonction de la configuration, de chaque point du circuit.
- En dehors d'un régime continu, l'intensité du courant dans un circuit dépend du temps : il s'agit alors d'un **régime variable**, par exemple comme dans le cas de courants sinusoïdaux ou dans le cas d'un **régime transitoire** précédant l'établissement d'un régime continu.

2 Condensateur

- Un condensateur est un dipôle électronique constitué de **deux armatures conductrices séparées par un isolant** appelé diélectrique. C'est un récepteur permettant de stocker et déstocker de l'énergie électrique. Un condensateur plan possède deux armatures planes parallèles entre elles.
- Le symbole normalisé d'un condensateur est représenté ci-contre, la convention courant-tension utilisée étant une **convention récepteur**.

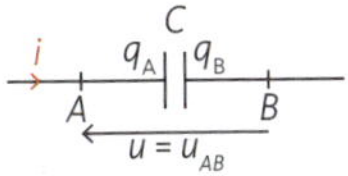

- Le fonctionnement d'un condensateur est le suivant : le courant qui circule dans le circuit comportant un condensateur crée un **déficit d'électrons sur l'armature *A* et un excédent d'électrons en *B***, soit $q = q_A = -q_B$.
L'intensité du courant est donc : $i = \frac{dq_A}{dt} = -\frac{dq_B}{dt} = \frac{dq}{dt}$.
- La tension u_{AB} augmente au cours du temps, du fait de la différence de charges accumulées sur chaque armature, et de manière proportionnelle

à la charge $q = q_A$. On peut alors dire, à l'inverse, que la **charge du condensateur est proportionnelle à la tension** à ses armatures.

- On définit la **capacité** C d'un condensateur, exprimée en **farads** de symbole F, comme le coefficient de proportionnalité entre la charge d'un condensateur et la tension à ses bornes :

$\boldsymbol{q = q_A = Cu_{AB}}$ avec q la charge du condensateur (en C) et u la tension (en V).

- Les sous-multiples du farad sont le millifarad ($1\ \text{mF} = 1 \times 10^{-3}\ \text{F}$), le microfarad ($1\ \mu\text{F} = 1 \times 10^{-6}\ \text{F}$), le nanofarad ($1\ \text{nF} = 1 \times 10^{-9}\ \text{F}$) et le picofarad ($1\ \text{pF} = 1 \times 10^{-12}\ \text{F}$).
- Le schéma ci-contre résume les lois des tension et courant d'un condensateur :

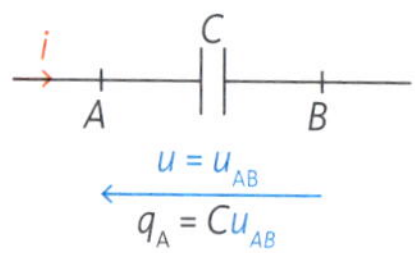

3 Ordres de grandeur et situations usuelles

- Les condensateurs que l'on trouve dans les moteurs par exemple sont de l'ordre de **quelques microfarads à quelques centaines de microfarads** ; les condensateurs d'appareil de sono sont de l'ordre du **nanofarad** ; des supercondensateurs permettant le stockage d'énergie de grande capacité dans les systèmes embarqués sont de l'ordre de **quelques centaines de farads**.
- On peut modéliser un phénomène électrique par un condensateur chaque fois que l'on peut mettre en évidence des **accumulations de charges** sur des surfaces en regard.

  Exemple : dans le cas d'un orage, le sol est chargé positivement, alors que la partie inférieure d'un cumulonimbus est chargée négativement, ce qui constitue ainsi un « condensateur naturel ».

Mémo'Quiz

1. Un condensateur est un dipôle. ❑ Vrai ❑ Faux
2. La charge du condensateur est proportionnelle à l'intensité du courant. ❑ Vrai ❑ Faux
3. L'unité de la charge est le farad. ❑ Vrai ❑ Faux
4. Aux bornes du condensateur, $U = RI$. ❑ Vrai ❑ Faux

→ corrigés p. 159

Modèle du circuit *RC* série

72

Lue Relue Acquise

Le circuit *RC* série est constitué d'un condensateur et d'un conducteur ohmique alimentés par un générateur lors de la charge du condensateur.

1 Circuit *RC* série

- Une **source idéale de tension délivre une tension constante *E*** quel que soit le circuit électrique branché à ses bornes.
- La caractéristique tension-courant d'une source idéale de tension est une **droite horizontale de tension à vide** ou **force électromotrice (f.é.m.) *E***. La f.é.m. ne dépend donc pas de l'intensité du courant débité.
- On réalise le circuit série comportant un générateur idéal de tension de force électromotrice E, un conducteur ohmique de résistance R et un condensateur de capacité C. Le circuit est traversé par un courant d'intensité $i(t)$.

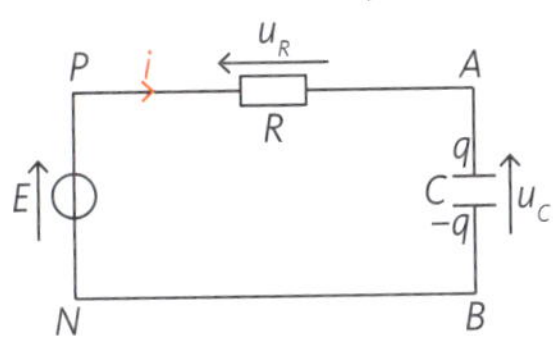

2 Équation régissant l'évolution de $q(t)$

- Soit $q(t)$ la charge de l'armature en « amont » du condensateur. L'intensité $i(t)$ du courant traversant le circuit est : $i(t) = \frac{dq(t)}{dt}$.

La loi d'Ohm appliquée au conducteur ohmique, en convention récepteur, s'écrit : $u_R(t) = Ri(t)$.

La tension $u_C(t)$ aux bornes du condensateur est : $u_C(t) = \frac{q(t)}{C}$.

Enfin, dans le circuit série, en appliquant la loi de Chasles, la loi des tensions s'écrit :

$$E = u_{PN} = u_{PA} + u_{AB} + u_{BN}$$

avec $u_{PA} = u_R(t) = Ri(t)$; $u_{AB} = u_C(t) = \frac{q(t)}{C}$ et $u_{BN} = 0$, car la tension aux bornes d'un fil de connexion est nulle.

On en déduit la **loi des mailles** :

$$E = Ri(t) + \frac{q(t)}{C} = R\frac{dq(t)}{dt} + \frac{q(t)}{C}$$

● Dans un circuit série *RC*, l'**équation différentielle** régissant l'évolution de la charge $q(t)$ est :

Remarque
Cette équation est linéaire, du premier ordre, à coefficients constants, avec second membre.

$$\frac{dq(t)}{dt} + \frac{q(t)}{RC} = \frac{E}{R}$$ avec

- q : charge de l'armature du condensateur (en C),
- R : résistance du conducteur ohmique (en Ω),
- C : capacité du condensateur (en F),
- E : tension constante ou f.é.m. du **générateur** idéal de tension (en V).

3 Constante de temps du circuit *RC*

● On appelle **constante de temps** d'un circuit *RC*, notée τ (en s), le **temps caractéristique des phénomènes de charge et de décharge** d'un condensateur, ces dernières n'étant pas instantanées, soit :

$$\tau = RC$$

● L'équation différentielle régissant l'évolution de la charge est ainsi :

$$\frac{dq(t)}{dt} + \frac{q(t)}{\tau} = \frac{CE}{\tau}$$

Mémo'Quiz

1. La force électromotrice d'une source idéale ou non idéale de tension est sa tension à vide. Elle ne dépend pas de l'intensité du courant débité. ❑ Vrai ❑ Faux

2. La tension aux bornes d'une source idéale ou non idéale de tension est égale à la force électromotrice. Elle ne dépend pas de l'intensité du courant débité. ❑ Vrai ❑ Faux

3. Dans un circuit série *RC*, l'équation différentielle régissant l'évolution de la charge $q(t)$ est en fait une traduction de la loi des mailles. ❑ Vrai ❑ Faux

4. Le temps caractéristique d'un circuit *RC* est le temps caractéristique des phénomènes de charge et de décharge. ❑ Vrai ❑ Faux

➜ corrigés p. 159

Charge et décharge d'un condensateur

Lue Relue Acquise

73

En charge, les deux dipôles en série sont branchés aux bornes d'un générateur ; à la décharge, l'énergie stockée dans le condensateur se déstocke dans le conducteur ohmique.

1 Charge par une source idéale de tension

- À $t = 0$, le condensateur est déchargé, les armatures sont telles que $q_A = q_B = 0$, et le circuit est ouvert. À $t > 0$, on ferme le circuit précédent.
- On peut établir que la solution générale est : $\boldsymbol{q(t) = CE[1 - \exp(-t/RC)]}$.

L'intensité du courant traversant le circuit est :

$$i(t) = \frac{dq(t)}{dt} = \frac{E}{R}\exp(-t/RC)$$

La tension est : $u_C(t) = \dfrac{q(t)}{C} = E[1 - \exp(-t/RC)]$ aux bornes du condensateur et $u_R(t) = Ri(t) = E\exp(-t/RC)$ aux bornes du conducteur ohmique.

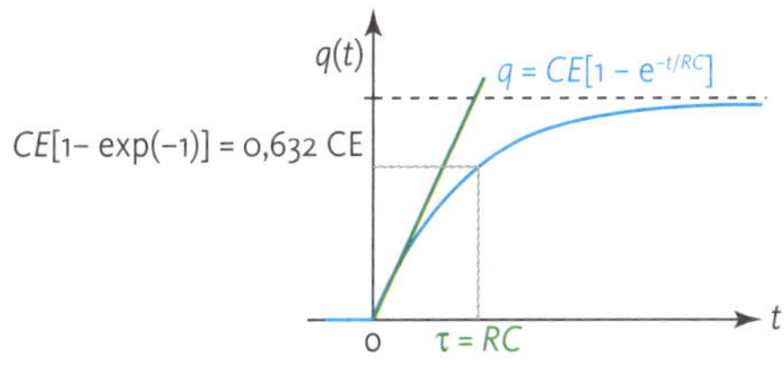

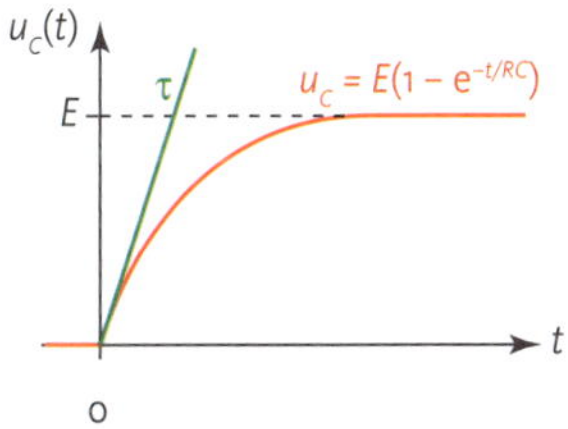

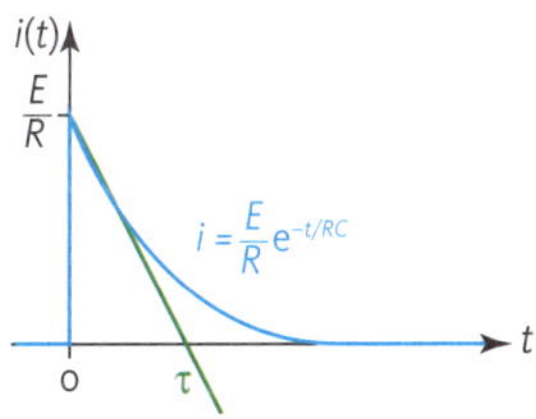

Remarques :
Toutes les solutions peuvent être écrites en utilisant la constante de temps $\tau = RC$.

2 Décharge du condensateur dans le circuit

- Utilisons le même circuit série que précédemment, mais sans le générateur de tension. À $t = 0$, le condensateur est chargé avec $q = CE$.
- À $t > 0$, l'équation différentielle qui régit l'évolution de la charge $q(t)$ est : $\frac{dq(t)}{dt} + \frac{q(t)}{RC} = \frac{E}{R} = 0$ puisque le générateur est absent du circuit ($E = 0$).
- On peut établir que la solution générale est : $q(t) = CE\exp(-t/RC)$.

L'intensité du courant est $i(t) = \frac{dq(t)}{dt} = -\frac{E}{R}\exp(-t/RC)$.

- La tension est $u_C(t) = \frac{q(t)}{C} = E\exp(-t/RC)$ aux bornes du condensateur et $u_R(t) = Ri(t) = -E\exp(-t/RC)$ aux bornes du conducteur ohmique.

Remarque

Le signe négatif indique que le courant de décharge est dans le sens inverse du courant de charge.

3 Montage de charge et décharge

- Le montage ci-contre peut être utilisé, par basculement de l'interrupteur de la **position 1 (charge) à la position 2 (décharge)**, pour charger le condensateur avant de le laisser se décharger dans le conducteur ohmique.

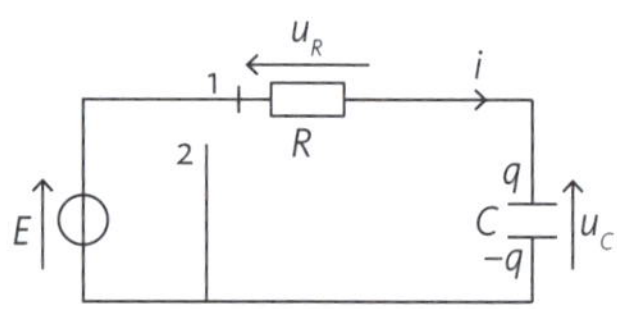

Mémo'Quiz

1. Le temps caractéristique de l'évolution de toutes les grandeurs du circuit est RC, indépendant de la fém du générateur.
❑ Vrai ❑ Faux

2. Lors de la charge, la tension aux bornes du conducteur ohmique tend vers la valeur de la fém du générateur. ❑ Vrai ❑ Faux

3. À la fin de la charge, l'intensité du courant dans le circuit RC est nulle. ❑ Vrai ❑ Faux

4. Lors de la décharge, la tension aux bornes du condensateur tend vers la valeur de la fém du générateur. ❑ Vrai ❑ Faux

→ corrigés p. 159

Capteurs capacitifs

74

Lue Relue Acquise

Un capteur est un dipôle qui transforme une grandeur d'entrée en grandeur électrique comme la tension. Un capteur capacitif comporte un condensateur dont il modifie la capacité.

1 Fonctionnement d'un capteur capacitif

- Un capteur capacitif transforme une grandeur physique en grandeur électrique par **modification de la capacité d'un condensateur** (souvent par une variation de la distance entre les armatures).

Rappel
Un capteur transforme une grandeur physique en grandeur électrique.

- Les caractéristiques d'un capteur sont :
  - l'**étendue de mesure** : l'intervalle de valeurs de la grandeur physique que peut mesurer le capteur ;
  - la **résolution** : la plus petite différence de valeurs de la grandeur mesurable que le capteur peut détecter ;
  - la **sensibilité** : la fidélité de la variation du signal de sortie par rapport à la variation du signal d'entrée ;
  - la **précision** : la capacité du capteur à donner une mesure de la grandeur physique proche de la « valeur vraie » ;
  - la **rapidité** : le temps de réaction ou de réponse du capteur.

2 Capteurs capacitifs pour écran tactile

- Les écrans tactiles de tablettes ou de smartphones actuels possèdent des capteurs capacitifs : lorsqu'on touche l'écran, la capacité est modifiée, et le **point de contact est connu** du système d'acquisition.
- Le principe de fonctionnement est simple : lorsqu'un doigt touche un écran tactile, **des charges lui sont transférées** et l'écran subit une **perte de charge**. Chaque coin de l'écran est équipé d'un capteur permettant de détecter cette perte de charge, et **la comparaison entre les quatre capteurs permet de déterminer le point de contact** du doigt sur l'écran.
- L'avantage de tels capteurs capacitifs est leur **précision** et une **meilleure transparence** que les autres systèmes.
- En revanche, la conduction se faisant aussi par contact avec la peau légèrement humide, **l'utilisation de stylet est impossible**. De plus, cette technologie rend l'écran du smartphone **relativement cher**.

3 Capteurs de proximité ou de déplacement

- Un capteur capacitif de proximité ou de déplacement permet de **reconnaître sans contact** des objets, des niveaux de fluides dans des réservoirs opaques ou de matériaux en vrac, etc. de manière fiable.

- La présence d'un objet dans le champ électrique d'un capteur capacitif de proximité ou de déplacement provoque une **variation du champ électrique**. La modification du champ électrique, qui sans objet est constant, entraîne celle du condensateur et permet de confirmer la détection.

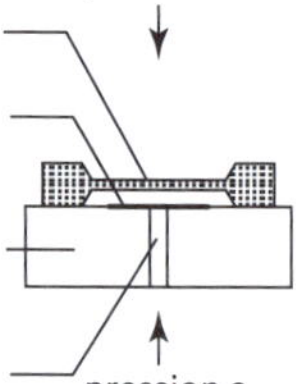

- Les capteurs capacitifs ont de nombreux avantages tels que :
  - une **grande sensibilité** ;
  - une **utilisation très large** dans de nombreux domaines : l'agroalimentaire, la chimie, l'automobile ou encore la manutention ;
  - une **détection de très nombreuses matières** ;
  - une **insensibilité aux perturbations extérieures** et aux impuretés ou pollutions ;
  - une **grande résistance** et une utilisation sans contact leur conférant une **durée de vie importante**.

Mémo'Quiz

1. Un écran tactile sur lequel on peut utiliser un stylet possède un capteur de pression. ❑ Vrai ❑ Faux
2. Un écran tactile sur lequel on ne peut pas utiliser un stylet possède un capteur capacitif. ❑ Vrai ❑ Faux
3. Un capteur capacitif de proximité possède un condensateur à capacité *C* variable. Elle dépend de la pression du doigt sur l'écran. ❑ Vrai ❑ Faux
4. Un capteur capacitif peut être utilisé pour des besoins de détection de niveau sans contact. ❑ Vrai ❑ Faux

→ corrigés p. 159

Écriture du résultat, valeur de référence

Fiche MÉTHODE

1 Précision d'une mesure

- Le résultat d'un calcul à partir de grandeurs mesurées ne doit pas être exprimé avec plus de précision que la moins précise des grandeurs.
- Dans le cas d'une addition ou d'une soustraction entre plusieurs mesures, le résultat **ne doit pas avoir plus de décimales que la donnée qui en a le moins** dans une unité de référence.

  Exemple : dans le cas d'additions de volume avec V_1 = 10,5 mL et V_2 = 0,35 mL, alors $V = V_1 + V_2$.
  V = 10,5 + 0,35 = 10,9 mL. Le résultat doit avoir le même nombre de décimales que V_1, soit 1 décimale, alors que V_2, plus précis, en a 2 dans la même unité.

- Dans le cas d'un résultat d'une mesure présentée avec son incertitude, **U_x comporte autant de décimales que x.**

  Exemples : $c = (5{,}0 \pm 0{,}01) \times 10^{-2}$ mol · L^{-1} ou $c = (5{,}00 \pm 0{,}1) \times 10^{-2}$ mol · L^{-1} sont des écritures incorrectes. En revanche, $c = (5{,}0 \pm 0{,}1) \times 10^{-2}$ mol · L^{-1} est une écriture correcte.

2 Nombre de chiffres significatifs

- On appelle **chiffre significatif**, un chiffre d'une valeur de mesure différent d'un des zéros démarrant l'écriture numérique de cette valeur.

  Exemple : la mesure de la vitesse du son v = 340 m · s^{-1} comporte trois chiffres significatifs (3, 4 et 0), alors que la concentration c = 0,050 mol · L^{-1} n'en comporte que deux (5 et 0 après le 5), car les deux premiers zéros de gauche ne sont pas significatifs.

- Le **premier chiffre significatif ne peut être nul**, ce qui n'est pas le cas des suivants.
- Une mesure est d'autant plus **précise** que son nombre de chiffres significatifs est **grand**.
- Dans le cas d'une multiplication ou d'une division entre plusieurs mesures, le résultat **ne doit pas avoir plus de chiffres significatifs que la donnée la moins précise**.

  Exemple : la vitesse v du son dans l'air par la méthode d'écho connaissant la distance d entre l'émetteur et le récepteur et la durée t

du parcours donne $v = \frac{2d}{t}$. Si les mesures sont $d = 100{,}00$ m (5 chiffres significatifs) et $t = 0{,}585$ s (3 chiffres), alors le résultat obtenu 341,8803418803 permet d'écrire $v = 342\ m{\cdot}s^{-1}$ avec autant de chiffres significatifs que t, mesure la moins précise. Le coefficient 2 n'intervient pas dans le raisonnement, car il n'est pas le résultat d'une mesure de grandeur physique.

- Lors d'une conversion, **la précision et donc le nombre de chiffres significatifs doivent être conservés**.

  Exemple : si $m = 0{,}26$ g, alors cette masse ne correspond pas à 260 mg, mais à $2{,}6 \times 10^2$ mg en respectant les deux chiffres significatifs de m.

- Pour limiter le cumul des erreurs sur les arrondis lors des calculs intermédiaires, il est conseillé de garder tous les chiffres, y compris ceux qui ne sont pas significatifs. **Seul le résultat final sera écrit avec la précision voulue**.

3 Comparaison d'un résultat à une valeur de référence

- Pour comparer un résultat X à une valeur de référence X_{ref} (valeur donnée par un constructeur, valeur indiquée sur une étiquette, etc.), on peut :
  - les classer simplement : $X < X_{ref}$ ou $X > X_{ref}$;
  - calculer la différence : $\Delta X = |X - X_{ref}|$;
  - calculer l'écart relatif : $\frac{\Delta X}{X_{ref}} = \frac{|X - X_{ref}|}{X_{ref}}$ que l'on peut exprimer en pourcentage.

  Exemple : lors d'une séance d'activité expérimentale, un élève mesure la fréquence du fondamental d'un *La*440 joué par un violon, $f_{exp} = 438$ Hz.

  L'écart relatif vaut alors : $\frac{f - f_{exp}}{f_{exp}} = \frac{440 - 438}{440} = 0{,}005$ ou 0,5 %.

- La plupart du temps, en séance d'activité expérimentale au lycée, un écart relatif **inférieur à 5 %** est un écart acceptable à la valeur de référence.

Corrigés des Mémo'Quiz

1 1. F ; 2. V ; 3. V ; 4. V.
2 1. F ; 2. V ; 3. V ; 4. V.
3 1. V ; 2. F ; 3. V ; 4. F.
4 1. F ; 2. V ; 3. F ; 4. F.
5 1. F ; 2. F ; 3. F ; 4. V.
6 1. F ; 2. V ; 3. F ; 4. F.
7 1. V ; 2. F ; 3. V ; 4. V.
8 1. V ; 2. V ; 3. V ; 4. V.
9 1. V ; 2. F ; 3. F ; 4. V.
10 1. F ; 2. V ; 3. F ; 4. V.
11 1. V ; 2. V ; 3. F ; 4. V.
12 1. F ; 2. F ; 3. V ; 4. V.
13 1. F ; 2. F ; 3. F ; 4. V.
14 1. V ; 2. V ; 3. F ; 4. F.
15 1. V ; 2. V ; 3. V ; 4. F.
16 1. V ; 2. V ; 3. V ; 4. V.
17 1. V ; 2. V ; 3. V ; 4. F.
18 1. V ; 2. F ; 3. V ; 4. V.
19 1. V ; 2. F ; 3. V ; 4. V.
20 1. V ; 2. V ; 3. F ; 4. V.
21 1. V ; 2. V ; 3. F ; 4. V.
22 1. V ; 2. F ; 3. F ; 4. V.
23 1. F ; 2. F ; 3. F ; 4. V.
24 1. V ; 2. V ; 3. F ; 4. F.
25 1. V ; 2. F ; 3. V ; 4. V.
26 1. F ; 2. V ; 3. V ; 4. F.
27 1. V ; 2. F ; 3. V ; 4. F.
28 1. V ; 2. V ; 3. V ; 4. V.
29 1. V ; 2. V ; 3. F ; 4. V.
30 1. V ; 2. V ; 3. F ; 4. V.
31 1. F ; 2. V ; 3. F ; 4. V.
32 1. F ; 2. V ; 3. V ; 4. V.
33 1. V ; 2. F ; 3. V ; 4. F.
34 1. V ; 2. V ; 3. F ; 4. V.
35 1. F ; 2. F ; 3. V ; 4. V.
36 1. F ; 2. F ; 3. V ; 4. V.
37 1. V ; 2. V ; 3. V ; 4. F.
38 1. F ; 2. V ; 3. V ; 4. V.
39 1. V ; 2. V ; 3. F ; 4. F.
40 1. F ; 2. F ; 3. V ; 4. F.
41 1. F ; 2. V ; 3. F ; 4. V.
42 1. F ; 2. V ; 3. V ; 4. V.
43 1. V ; 2. V ; 3. V ; 4. F.
44 1. F ; 2. V ; 3. V ; 4. V.
45 1. V ; 2. F ; 3. F ; 4. V.
46 1. V ; 2. V ; 3. F ; 4. V.
47 1. V ; 2. V ; 3. F ; 4. F.
48 1. F ; 2. F ; 3. F ; 4. F.
49 1. F ; 2. V ; 3. V ; 4. V.
50 1. V ; 2. F ; 3. V ; 4. F.
51 1. F ; 2. V ; 3. F ; 4. V.
52 1. V ; 2. F ; 3. F ; 4. V.
53 1. V ; 2. F ; 3. V ; 4. V.
54 1. F ; 2. V ; 3. F ; 4. V.
55 1. V ; 2. V ; 3. V ; 4. F.
56 1. F ; 2. V ; 3. V ; 4. F.
57 1. F ; 2. F ; 3. V ; 4. V.
58 1. F ; 2. V ; 3. F ; 4. F.
59 1. V ; 2. V ; 3. V ; 4. F.
60 1. F ; 2. F ; 3. F ; 4. F.
61 1. V ; 2. V ; 3. V ; 4. F.
62 1. F ; 2. F ; 3. F ; 4. V.
63 1. V ; 2. V ; 3. V ; 4. F.
64 1. V ; 2. F ; 3. F ; 4. V.
65 1. V ; 2. V ; 3. V ; 4. F.
66 1. V ; 2. V ; 3. F ; 4. F.
67 1. F ; 2. F ; 3. F ; 4. V.
68 1. F ; 2. F ; 3. V ; 4. V.
69 1. V ; 2. F ; 3. V ; 4. F.
70 1. V ; 2. V ; 3. V ; 4. F.
71 1. V ; 2. F ; 3. F ; 4. F.
72 1. V ; 2. F ; 3. V ; 4. V.
73 1. V ; 2. F ; 3. V ; 4. V.
74 1. V ; 2. V ; 3. F ; 4. V.

MIXTE
Papier issu de sources responsables
FSC® C022030
www.fsc.org

Nathan est un éditeur qui s'engage pour la préservation de son environnement et qui utilise du papier composé de fibres naturelles, renouvelables, fabriquées à partir de bois provenant de forêts gérées de manière responsable et contrôlée.

Achevé d'imprimer en septembre 2020 par Macrolibros à Valladolid en Espagne
Dépôt légal : septembre 2020 - N° de projet : 10262097